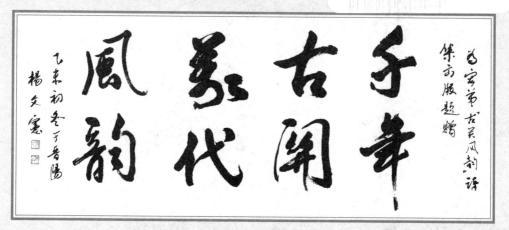

杨文宪，山西省农业厅原厅长。黄河金三角文化艺术研究院艺术顾问。

刘当财，中国美术家协会会员、中国民族书画院理事、中国书画研究院院士、老君山书画研究院院长，国家一级画师。

淡来诗圖多豐藏
自有書城作富家

赵飞，山西省书法家协会会员、芮城县书法家协会副主席、黄河金三角文化艺术研究院副院长。

名文咏诗韵

高才吟风流

寇希光古风韵诗集付梓志贺

岁次乙未冬日苗席俊于华山之麓

苗席俊，中国书法家协会会员、陕西书画院渭南分院副院长、渭南市书法家协会副主席、华阴市书法家协会主席。

孟潮，中国书画学会副主席、陕西省美术家协会会员、陕西省民俗摄影协会会员、渭南市美术家协会理事、华阴市美术家协会主席。

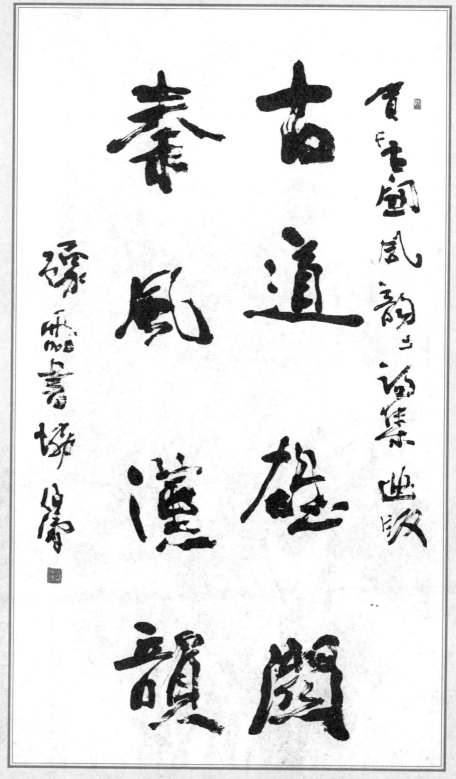

秦风汉韵

古道雄关秦风汉韵

刘伯涛，黄河金三角文化艺术研究院副秘书长、河南省灵宝市豫灵书画院院长。

田明星，陕西省摄影家协会会员、中共潼
关县纪委副书记、县政府党组成员、县监察局
局长。

古关风韵

李宏弟◎著

中国文联出版社
http://www.clapnet.cn

图书在版编目（CIP）数据

古关风韵／李宏弟著. — — 北京：中国文联出版社，2016.1
ISBN 978 - 7 - 5190 - 1141 - 3

Ⅰ. ①古… Ⅱ. ①李… Ⅲ. ①诗词 - 作品集 - 中国 - 当代 Ⅳ. ①I227

中国版本图书馆 CIP 数据核字（2016）第 033836 号

古关风韵

作　　者：李宏弟

出 版 人：朱　庆

终 审 人：金　文　　　　　　　复 审 人：王　军
责任编辑：郭　锋　　　　　　　责任校对：门立伟
封面设计：墨知缘　　　　　　　责任印制：陈　晨

出版发行：中国文联出版社
地　　址：北京市朝阳区农展馆南里 10 号，100125
电　　话：010 - 65389139（咨询）65067803（发行）65389150（邮购）
传　　真：010 - 65933115（总编室），010 - 65033859（发行部）
网　　址：http：//www. clapnet. cn
E – mail：clap@ clapnet. cn　　　　guof@ clapnet. cn

印　　刷：济南精致印务有限公司
装　　订：济南精致印务有限公司
法律顾问：北京市天驰洪范律师事务所徐波律师
本书如有破损、缺页、装订错误，请与本社联系调换

开　　本：700×1000　　　　　　1/16
字　　数：210 千字　　　　　　 印张：14
版　　次：2016 年 1 月第 1 版　　印次：2022 年 8 月第 3 次印刷
书　　号：ISBN 978 - 7 - 5190 - 1141 - 3
定　　价：36.00 元

序

李康美

　　阅读李宏弟先生的诗作，我首先联想到常人的生活状态。尽管李宏弟先生还是工作在县上的基层领导，恕我仍然把他归于常人的范围。其实，我们都应该明白并且承认这样的划分，在人类历史的长河中，能在史册或者教科书中留下名字的伟人和名人毕竟是极少数，其余的人都会渐渐地被淡忘在茫茫的世事之外。面对概莫能外的自然法则，每个人都有各自不同的人生选择。如此说来，这又回到前边的话题，作为常人，也应该有着自己的活法，比如李宏弟先生就突然以诗词创作来填补业余时间的空白，而且是一发而不可收，竟然要出版一本诗集。请允许我继续扩大联想：若干年后，当他进入颐养天年的年纪时，心绪一定还会驰骋万里，蓝天中有我，大地中有我，如同河流一样地奔流不息！或者，他捧着自己的诗集告诉孙子辈，娃呀，这也是爷的精神遗产，好与不好，也够你们学一阵子呢!

凡是潜心文学的人，都会带来充实的心境。

李宏弟先生从事诗词创作，真可谓是半路出家。他毕业于西安财经学院，主攻的学科同样是财政专业。参加工作后，也就进入财政部门。可是时间不长，他就改变了事业的方向，调入县政府办公室开始了文书秘书的转换。昔日和数字报表打交道的人，怎么就摇身一变写起文章和材料了？在不久的以后，还写出了数量可观的诗词作品。当然，这也没有什么奇怪，包括鲁迅在内的许多作家，也不是文学专业的科班出身。所以，我觉得李宏弟先生本来就具有文学的天赋，可是让我奇怪的是，据他本人在该书的《后记》中说："我自幼不喜欢语文，更谈不上写作。上学念书时，每每语文考试，成绩都相对较差。"这样，我只能说他是一个反应敏捷和头脑聪慧的多面手，容易自我改变，容易适应新事物。

丰富的社会阅历同样是文学创作的基础，据说，在全世界的作家中，有两类行当出身的人居多，一是记者，二是军人。中国的莫言就是军人出身，时值 2015 年的诺贝尔文学奖得主，白俄罗斯的女作家斯维特拉娜·阿列克谢耶维奇，则是记者出身。虽然李宏弟先生的诗词作品仍然在探索尝试阶段，幸运的是，多年前他也有过新闻报道写作的经历，这就是创作的起步和积淀，无疑对尔后步入文学之门大有裨益。

李宏弟真正开始诗词写作，这才是近几年的事情。他说 2011 年下半年，受到周围朋友的启发，自己也就写起了诗词。至今，竟然已经写出了近千首，并且要出版诗集了。屈指算来，那就是四年多的时间，如此地勤奋，如此地数量，那就需要精神的支撑和冥思苦想的耐力。因为，他所写的都是古体诗，这就不仅仅是抒发感想，而且还要在韵律上琢磨，作为新的体验和转换，刻苦的学习也是必需的过程。可能还存在不耻下问，存在大量地阅读经典，如果没有对古体诗词的潜心研讨，没有在古贤的经典中吸取营养，就很难想象会写得那么多。我自己从事文学创作已经几十年，对古体诗词也是知之皮毛，深知那样的文体，必须具备两套功夫，一是将事物尽力地浓缩；二是又要受到那种文体刻意的约束。

潼关是一块特殊的土地，历史中的古战场，也会催发文学的生长。李宏弟先生出生在潼关，我想在李宏弟的生命基因中也有着这块土地留下的印痕。承继着坚韧的性格，宽容着外来文化。此书以《古关风韵》题名，仍然是一种精神和个性的写照。看过这本文集，以我的印象，李宏弟先生的视野很宽，随着对诗词创作的熟悉，思考也有了一定的深度和广度。首先，他结合自己的工作特性，用诗词的形式抒发着潼关县开发事业的艰难和欣喜。"盘点二零一一年，回首往事不屑谈；乘风破浪勤劳作，聚神拓荒铭心间。"在这些直白而朴实的句式中，不就是那种创业时期心境的体现吗？第二，他又在尽心尽力地挖掘这块土地的遗迹，捡拾起已经被岁月层层覆盖的历史碎片。《杨震颂》《潼关怀古》《潼关人》等等诸多的篇章，都能感受到他对那块土地刻骨铭心的挚爱。"秦峰迤逦水东流，古塞名关战火秋；尚武崇文性刚烈，龙头狂舞傲神州。"这样的诗作就很有历史的意蕴和内涵了。第三，走出山门向外看，在祖国的大好河山中，开拓自己的视野，张扬诗人的激情。"神州点火上苍穹，大圣翔云驾太空。揽月天宫逢盛事，繁星索驭锦囊中。"如此地喜悦和豪情，让读者也会展开想象的翅膀在蓝天上飞翔。第四，静听乡音，感怀乡韵，用自己的胸膛传递亲情的温度。"蜈蚣荒岭踏青外，丈干褐草寒风摆。俯首疾寻轻轻撷，拾得白蒿与荠菜。"透过白蒿和荠菜，这其中还有对生活的回味，咀嚼着五味杂陈的人文关怀。

纵观李宏弟先生的所有诗篇，都充满着真诚的感情色彩，但是如果单纯从文学性上阅读，我以为描写亲情和潼关怀古之类的诗篇更好看一些。另外在文字和句式上有些也有欠妥的地方，甚至有点儿牵强和生硬。当然，我们不应该对一个"半路出家"的诗人进行过多的挑剔和苛求。作为李宏弟先生自己，也会继续拾遗补憾，在诗词创作的漫长跋涉中，以达到新的高度。

2015 年 10 月 23 日于惠园

（李康美，中国作家协会会员，第五届陕西省作家协会副主席，渭南作家协会主席，国家一级作家。）

目　录

拓荒岁月

工业园区赞

（2011 年 6 月 20 日）

从零起步工业园，规划先行展鸿篇。
招商引资奔四海，牙关紧咬基础先。
三年建设齐努力，园区雏形显初端。
财源将增企蜂至，潼关明天竞开颜。

园区行

（2011 年 7 月 5 日）

旭日东升拓地行，条条道路舒心情。
潺潺溪水鸣幽涧，紫地风光赛县城。
众企雨投林项立，轰轰机器不消停。
我筑良巢君展翅，同赴小康话共赢。

无 题

（2011 年 12 月 12 日）

一心只唯北区建，园区物流古城漫。
滴血流泪浑不惜，誓死努力达彼岸。

观 摩

（一）

（2011 年 12 月 21 日）

岁末云涌实绩观，三年倾尽梦将圆。
凝神聚力同心干，雄起金城咫日端。

（二）

（2012 年 6 月 15 日）

观摩未阅园，只想地核钻。
数载耕勤苦，绩成碎心缘。
今朝流血汗，决策踮屐盼。
灶衾三轮累，下棋邀道抟。

注：道抟指宋代华山道士陈抟。

苦行僧（六首）

（一）

（2011 年 12 月 20 日）

事象麦苗稠，人如拓地牛。
泪帘清水坠，誓死不回头。

（二）

（2011 年 12 月 21 日）

孤灯长伴夜无眠，众志鸿鹄压在肩。
陕豫联合新苑梦，齐心协力数朝圆。

（三）

（2012 年 1 月 24 日）

春秋四秩挡胸前，工作生活两样难。
有泪男儿心在沁，肩挑背扛岂腰弯！

（四）

（2013 年 7 月 16 日）

旦暮轻束游于野，青山绿草戴星月。
尽瘁拓荒俯首牛，恬淡江湖难忘却。

（五）

（2013 年 9 月 15 日）

窗棂残月茫，孤踱自惆怅。
拓荒辛亦苦，人际看炎凉。

（六）

（2014 年 11 月 26 日）

银丝双鬓染，天命赶时追。
如若失红线，图圈少药回。

回眸辛卯年

(2012 年 1 月 29 日)

盘点二零一一年，回首往事不屑谈。
乘风破浪勤劳作，聚神拓野铭心间。

值 班

(2012 年 2 月 6 日)

烟花劲上夜寒空，彩点群峰远影虹。
皓月盘空风刃去，凝眸孤眺倍思潼。

除 草

(2012 年 2 月 8 日)

初春扫苑草枝燃，碎火风吹串串联。
复上干柴苗更旺，熊熊烈焰映红天。

倒拉牛歌

(2012 年 2 月 11 日)

孤根纵长贫瘠地，数千匍匐向万团。
日沐风霜强更忍，碧波独顾洒人间。

争取循环经济试点单位

(2012 年 3 月 13 日)

项目奋争两岁余，专家把脉点津迷。
循环新路园区立，垂范三秦堪树奇。

晒笔记

(2012 年 6 月 21 日)

笔札摞摞赛高楼，日志讲堂昼不同。
养晦韬光来势蓄，学风战地正兴浓。

初秋陕豫交界即景

(2012 年 8 月 21 日)

秋雨绵绵日渐凉，人间滋润万千苍。
风拂陕豫莽原绿，战地俏俏客少忙。

拔河赛记

(2012 年 9 月 28 日)

金秋拔河迎盛会，聚团比赛友弥贵。
凝才尽力无穷搏，一恒终显拓荒味。

拓地暮秋

（2012 年 10 月 7 日）

暮望南山叶道秋，无言板舍两相愁。
桌前故友三杯酒，对影开杯一醉休。

孵化基地掠影

（2012 年 11 月 1 日）

日照红柿鸟歌扬，钢塔旋臂自由翔。
线面纵横人梭乱，四位一体时渐长。
筑巢喜招栖鹊凤，魔使荒滩变俊妆。
机器轰轰车马兴，敢让僻壤惊四方。
微企孵化金凰蜕，拓地来年成栋梁。

夜宿蜈蚣岭下

（2012 年 11 月 21 日）

迟归夜宿北蜈蚣，犬吠车行间刻鸣。
固守长宵光束骤，寒风裹刃似黎明。

拓地冬月

（2012 年 11 月 25 日）

一轮皓月眩新区，南岭朦胧客列徐。

把酒当歌何岁月，甘流热血汗潸余。

岁末晨悟

（2012 年 12 月 31 日）

朝阳晓抹染寒山，日月同辉映皓天。

胜景三河珠玉串，黄金立本越东山。

城阔楼俏商机旺，百舸争流不等闲。

一览山川织锦绣，风骚率领醉雄关。

元旦感悟

（2013 年 1 月 1 日）

烟钟翻旧历，鲜岁再轮回。

数忆春秋月，空湿衣袖襟。

晨曦光乍亮，普照步新规。

快马扬鞭撵，来年争冠军。

东 征

(2013 年 2 月 11 日)

年夜烟花放，春元满地红。
银蛇舞未尽，戎马上东潼。

春来招商记

(2013 年 3 月 13 日)

阳春万籁铮，紫气拓区浓。
筑巢邀群凤，招商逐众雄。
雪纷贾客洽，立项漢泉冲。
只待瓜熟日，心潮首季红。

园区道中（三首）

（一）

(2013 年 3 月 14 日)

暖拂翠锦柳烟霾，簇簇文杏莽雪海。
几梗红花苍野妍，三夫阡陌耕村外。

（二）

（2013 年 12 月 3 日）

东驰曦下数河洲，诸路仙商蚣岭侯。
共济同舟良计献，硬骨智取解心忧。

（三）

（2014 年 4 月 10 日）

金城彩月正芳菲，花蕊玲珑独沁春。
碧海徜徉山水秀，苍滋细雨四方新。

拓区下班闲感（二首）

（一）

（2013 年 5 月 20 日）

剪枝大道边，隐隐见南山。
刀梭嫩梢落，汗滴方绿翩。
斜晖涂板舍，新区绕台原。
柿下品茗憩，清风焚缕烟。

（二）

（2013 年 12 月 2 日）

余晖点暮塬，桔岭抱金关。
忙罢三河事，云霞映笑颜。

宁波客商考察孵化基地

（2013 年 5 月 22 日）

滔滔九曲河东逝，芦荡雁翔舣映春。
远眺风陵千翠抱，近观梭舫万丝晕。
泊车陕豫新天地，步履园区孵化村。
鹊舞双桥无尽贾，雄关创业满钵金。

湖北铝材项目招商记

（2013 年 5 月 24 日）

金山漫雪屏，仙客三河行。
风煦拂新土，投资满贯盈。

夏夜曲

（2013 年 6 月 24 日）

夜泊芜地寂，灯下松柏情。
幕裹双桥水，流光孤道行。
野居清院踱，蛐蛙溪畔鸣。
举目蜈蚣岭，悠悠歌舞声。

浇 水

（2013 年 6 月 25 日）

仲夏适当午，葱茏渐败颜。
匆提生命水，盛注沁心田。

风雨拓荒

（2013 年 7 月 12 日）

招商引资

倾力融资向客商，诚招四海凤和凰。
跋山涉水不需诉，翘望雏苗热土扬。

规划开发

立足双桥伟业雄，芊芊草木苦经营。
通平构架香巢筑，乐为来朝架彩虹。

企业服务

倚墙碌碌内墙鸣，襁褓之中育悍龙。
雪雨同舟并肩渡，盈钵绩效见双赢。

项目建设

千方百计万般寻，巧扮精雕备库存。
昶日来朝时骤至，穷追倾力锦囊归。

防汛

（2013 年 7 月 17 日）

阵阵灰溪谷涧声，悠聆舍外蛐蛙鸣。
午宵碎雨孤桥踱，柳岸凄迷少客行。

闲扫河滨北路

（2013 年 7 月 30 日）

暮尽扛笤帚，初灯扫雾尘。
帚梢涂大道，挥汗乐强身。

暴风雨

（2013 年 8 月 1 日）

午夜星群散，乌云漫苑集。
狂飙如衮雪，骤雨与风齐。
空晓浮尘去，黄鹂束线离。
云屏荫上岭，拓地百年稀。

孵化工地郑师速写

（2013 年 8 月 1 日）

甫知天命鬓双白，巧手辛勤银发排。
昼夜只为孵化累，难维生计悔失来。

听 戏

（2013 年 8 月 2 日）

朝阳几缕照芜园，对视高楼两不言。
长卧桃林凉蔽憩，秦腔大吼漫悠传。

夏夜思

（2013 年 8 月 7 日）

空巷余晖尽，华灯堪昼齐。
庭前蚊蛐闹，静夜念新区。

三年困难时期有感（四首）

（一）

（2013 年 8 月 18 日）

千里开发罔暮晨，丹心一片报春晖。
谁人莫道拓荒累，困守三年落后尘。

（二）

（2013 年 8 月 20 日）

热血儿男志四方，新区初建勇开荒。
他时若用牛刀地，敢唤惊涛陕豫扬。

（三）

（2013 年 8 月 27 日）

藤篱一列数坚桩，盖世枭雄飞羽帮。
众伙拾柴高火焰，同舟共济向东航。

注：飞羽指三国时期有张飞、关羽。

（四）

（2013 年 8 月 29 日）

滔滔热浪燥东关，梦里雪飞六月寒。
虽是初秋黄叶少，童心荡漾满春天。

渭南诸县工业园区观感

（2013 年 8 月 30 日）

走遍东秦工业园，潼关犹解落尘寰。
来年升跃前三榜，上下齐心浴血天。

深圳珠宝城

（2013 年 10 月 1 日）

水贝珠宝烟肆弥，款新量海贸称奇。
罔出毛料好工艺，千匠精雕万客集。

秋 感

（2013 年 10 月 21 日）

秦山叠嶂始为峰，九曲黄河伊作声。
钢骨有情缺火候，草腓无意漫荒城。
一腔热血心胸冷，两股泪潜双眼蒙。
秋暮拾阶山谷静，诵经松下上尘层。

贺首届黄河金三角博览会

（2013 年 10 月 28 日）

华夏黄龙金域邀，圣贤故里聚英豪。

并肩四地签优项，破浪同舟披冠袍。

注：四地指陕西渭南市、山西运城市、山西临汾市、河南三门峡市。

拓 荒（二首）

（一）

（2013 年 10 月 30 日）

新区初建设，月末报方陈。

遍野商家觅，保姆服务亲。

见人咸喊爷，遇事又装孙。

切齿忠肠断，疾成操碎心。

（二）

（2013 年 12 月 21 日）

豪怀东辟众河洲，千疮百痍荒万愁。

戎马剑光驰立野，击楫险地数春秋。

注：众河洲指西峪河、东桐峪河、善车峪河、太峪河、麻峪河等南山支流汇聚的三河口地区。

征 地（四首）

（一）

（2013 年 11 月 2 日）

板舍风萧天渐凉，黄花遍地染初霜。
满枝红柿唧唧雀，倦影一群征地忙。

（二）

（2013 年 11 月 12 日）

一家未了一家谈，十户莫图半户闲。
下海上山优项落，千呼万唤泪如泉。

（三）

（2013 年 11 月 14 日）

天下第一难，征迁率在先。
招商四海觅，落地万山联。
言事唇将破，量田履渐穿。
欲知磐兽硕，何去选芜塬。

（四）

（2013 年 11 月 17 日）

寒冬征地忙，板舍是家常。
三过家门口，竟成陌路郎。

夜 思

（2013 年 11 月 12 日）

几度春秋拓乱川，贾商心瘁夜无眠。
频传滨路机声响，高枕寒庐无空闲。

伐 树

（2013 年 11 月 15 日）

孟冬初望雾朦胧，墙外频传伐木声。
万树鸟惊空尽野，宝盆豁朗满枝横。

晨 曦

（2013 年 11 月 16 日）

千嶂苍雄翘，蜈蚣相视笑。
旭日照峰巅，百灵鸣树杪。

黄河金三角工业新区歌

（2013 年 12 月 18 日）

千嶂逶迤河逝东，崤函百二险关潼。
莲峰影倒关西水，磐卧蜈蚣太要龙。
陕豫齿唇三角兴，金城肝胆四河隆。
丹心拓就层层绿，血洒芜涂格外红。

寒岁夜思

（2013 年 12 月 18 日）

窗前寒夜满芜霜，伏案沉思壮志翔。

邦备堪师筹帷幄，刀光剑影战十强。

注：邦备指刘邦、刘备。

2013 园区回望

（2013 年 12 月 31 日）

宿鼓原槌辟苑川，丑鸭巧扮雁翔天。

双桥砌固苍茫绿，整饬三河平四滩。

孵化工农艰苦育，光伏气业顺心谈。

夯实优项风烟至，蓄势鸿鹄欲振关。

寄中联张勇兄

（2014 年 1 月 1 日）

寒冬欲去燕飞梢，百二拓关知客豪。

马趵屯营伟业奠，三河财聚岭云霄。

雄才舞就千秋事，苦践铸成光电巢。

苑上兰亭齐弄水，欢腾紫苑炫今朝。

注：中联指陕西中联电讯公司。

乌夹河治理感

（2014 年 1 月 4 日）

盘踞蜈蚣埝下铺，碧屏麻峪涧溪出。
涓涓乌水石方砌，驱尽洪魔百姓福。

观西部装备制造业博览会

（2014 年 3 月 15 日）

商贾曲江芬，八方聚晓春。
千家企业至，万件商品堆。
传统行非寡，尖端业更新。
明眸心铮亮，优项欲穷追。

商洛矿业循环利用记

（2014 年 4 月 17 日）

碧岭藏珍宝，开发震地摇。
经营千里越，环境一团糟。
痛定思前日，绸缪有妙招。
当思长远计，高唱生态谣。

春暖三河苑

（2014 年 4 月 29 日）

雨霁春犹暖，苍生百废兴。
阔街排玉翠，柳岸映河清。
餐饮停乡堰，光伏上蜈蚣。
群企逐宝地，绽卉远扬名。

观园区精神石刻

（2014 年 5 月 6 日）

斜晖照我魂，碧彩沁芳菲。
深锲拓荒语，明朝尚保存。

贺毛君羽飞荣调

（2014 年 8 月 25 日）

兰秋一去不知春，汗洒新区湿袖襟。
再劝毛君一斛酒，西迁高厦几时归？

聚泰新材料项目签约贺

（2014 年 9 月 29 日）

丹桂金秋紫气香，仙巢引得凤和凰。
落尘朱雀群鸢倾，三水龙腾闪靓光。

甲午秋驻守园区闲作

（2014 年 10 月 1 日）

庐前峻岭黛纱茫，聚首三川向大洋。
红柿失声羞脸笑，金桃不语叶荫藏。
堤滨踱步青烟袅，月下题诗秋夜长。
独立东陲无尽碧，驽蛻骐骥奋鞭扬。

甲午子春醉语

（2014 年 11 月 29 日）

一赴拓荒苑，二三党政筹。
四君指血路，九载泪潸流。

孟冬观苑上喜鹊

（2014 年 11 月 30 日）

多年灵鹊去，窗外鸟重来。
柿上觅无处，子春贺五台。

注：五台指工业园区服务中心，因所依地势有五级。

春天新能源项目评审感

(2015 年 1 月 21 日)

西风猎猎卷沈瀛，渭堡寒宵滨榭虹。
万嶂逶迤凰蕭尽，长河旖旎鱼潜泓。
石油即逝春天至，蔽日云驱寰宇晴。
里手行家思利弊，击楫勇士启鹏程。

注：春天新能源指陕西春天新能源公司。

冬 雪

(2015 年 1 月 27 日)

风雪卷纤梢，莽莽蔽艾萧。
击涛秦晋豫，傲视五台朝。

咏 竹

(2015 年 5 月 2 日)

拓苑西汀一翠篁，扎根荒砾傲寒霜。
忽鸣数鼓春雷至，雨霁青丝九尺长。

拓苑西汀一翠篁，风餐露宿挺陈墙。
朝夕默默三千度，不畏折枝怨稚郎。

拓苑西汀一翠篁，萧萧逝罢沐朝阳。
尖尖嫩笋吐珠笑，破土高节骨劲苍。

寄潼灵一体化

（2015 年 5 月 8 日）

翠岭巍巍汭谷芬，潼灵挚友聚桃林。
终军再奏拓荒曲，鹊舞关河在晓春。

西洽会写真

（2015 年 5 月 24 日）

千台迎盛会，万客觅商机。
艳卉蛱蝶睐，金洼巨贾靡。

如梦令·剪绿篱

（2015 年 6 月 11 日）

撷空束装昨暮，挥剪茂植即覆。汗雨洒新区，多少绿篱如瀑。
辛苦，辛苦，只是海桑一粟。

附：如梦令（平声韵）和宏弟先生《剪绿篱》

李晓波

铃声忽见做工，园区绿树花红。一帽避炎日，远山照旧葱茏。光荣，光荣，不忘本色如农。

注：作者系陕西省作家协会会员，陕西省楹联协会会员，陕西省青年文学协会会员。

点绛唇·寄代字营新社区

（2015 年 6 月 24 日）

昨夜春风，杏红桃艳天涯俏。人勤春早，一片祥和貌。　　三地融合，万事欣然料。今朝翘，志同合道，只为黎民好！

如梦令·拓荒

（2015 年 6 月 25 日）

山雨欲来河口，往事不堪回首。阔斧拓七通，服务暑寒夕昼。知否，知否？秦岭云屏依旧。

浪淘沙·春天新能源项目开工

（2015 年 7 月 9 日）

炫日照鑫园，茂木参天。铲车挺进捣芜田。数亩荒宅成往事，将换新颜。　　昔暮汗挥衫，辗转多年。执著追梦莫松弦。骏马驰骋千万里，金陵扬鞭。

浪淘沙·老柿树

（2015 年 8 月 12 日）

老树屹芜滩，五水潺湲，春花秋月累枝繁。硕冠独擎荫大地，泽惠人间。　　往事不堪言，百瀑千寒，栉风沐雨卷云烟。惯看红尘多少事，笑傲河山。

注：五水指西峪河、东桐峪河、太峪河、善车峪河和麻峪河。

浣溪沙·代字营一组访贫

（2015 年 9 月 22 日）

荒草萋萋空巷询，旧宅蔽舍覆新尘。耕耘何日尽脱贫？集约经营开富路，招商引项就高门。梦追福祉效能人。

生查子·金三角投合会偶记

（2015 年 9 月 30 日）

去年赴渭城，菊瘦萧风清。馆寂少人声，雀落庭疏影。　　今秋上渭城，香桂繁花盛。还是去年人，硕果无能共。

玉楼春·雅集水韵轩

（2015 年 11 月 22 日）

和风疏雨寻仙客，挚友雅集庐上贺。品茗论道醉愚人，水韵流香狂翰墨。　横刀立马鸿鹄志，旌展兰亭文苑炽。乘风破浪在今朝，共绘雄关七彩色。

踏莎行·归悟

（2015 年 11 月 23 日）

几度春秋，几多风雨。三川拓尽荒芜碧。倚河残柳泪涟涟，长空雁去天涯寂。　故圃才别，新差将莅。驰骋艺苑旌旄举。樯帆竞动起宏图，春来再奏东方曲。

谢池春·金城诗词沙龙贺

（2015 年 11 月 29 日）

漫步沙龙，水韵雅集如炽。上西楼，群贤毕至。抒诗心逸，诵词思尘世。浪击唐宋今朝始。　研习李杜，后主易安为矢。聚兰亭，优缺互指。高山流水，采风巅峰陟。望骚坛雁翔凌翅。

长相思·学词

(2015 年 12 月 17 日)

昼亦思，夜亦思，秋月春花醉墨池。俗尘笑我痴。　　古代词，现代词，霜鬓才学不论迟。人人皆我师。

临江仙·贺黄河金三角文研院 2015 年会

(2015 年 12 月 27 日)

岁暮关河逢盛会，八方荟萃英杰。香楼弄墨舞文绝。迷津多妙点，共陟向高阶。　　三省九城牵翰墨，群贤挽手无觉。高山流水论遗缺。夕阳无限好，把酒醉同学。

浪淘沙·寄金城诗会

(2015 年 12 月 30 日)

梅月萃兰亭，畅叙心声。群仙争恐遍诗评。百首美文皆可点，且共提升。　　几度梦沙龙，陶冶怡情。春花秋月醉阴晴。放眼沧桑无觅处，更蓄飞鸿。

破阵子·岁末感怀

(2015 年 12 月 31 日)

朝暮耕耘阡陌，扬鞭策马驰骋。寒夜孤灯思拓苑，炎日荆丛划町坑。可怜霜鬓生。　　一纸朱文坠手，浮云各走西东。不论流年垂汗泪，嘗享明天唱大风。谁人不想成。

春晓曲·元旦

(2016 月 1 月 2 日)

雄鸡报晓春拂岸，首缕朝阳金陡暖。寒梅料峭耸枝头，崖上迎春花欲乱。　　鸿鹄展翅凌霄汉，广袖舞翩文艺苑。启航翰墨在今朝，笑傲莲峰犹论剑。

玉楼春·喜贺春天的盛会

(2016 年 1 月 21 日)

春拂大地川原绿，梅绽关河萦紫气。群贤毕至绘宏图，合奏幸福交响曲。　　金城头雁凌双翼，虎跃龙腾驰万里。踏石抓铁在今朝，追梦雄关东傲立。

鹧鸪天·诗苑心得

(2016 年 2 月 3 日)

翰墨池游四五年，诗词曲赋舞翩跹。清晨挽袖书尘世，深夜孤灯抒愫言。　　学不尽，咏无边。耕耘文苑苦犹甜。古今中外人无寐，傲翅鲲鹏翯昊天。

金城览胜

杨震颂

（2011 年 11 月 23 日）

南岭巍巍渭水沿，秦川八百起东端。
关西夫子杨伯起，槐市教书育杏天。
暮夜却金明正象，清白传家义当先。
四知美誉中华颂，两袖清风越故关。

马跑泉（二首）

（一）

（2011 年 12 月 22 日）

花香鸟语径幽深，绿蔽清溪浥晓尘。
古寨悠悠窑上踞，八方莅聚煞撩人。

（二）

（2013 年 4 月 25 日）

夏霁青山翠谷川，蛟龙欢聚戏珠泉。
香花朵朵蜂蝶涌，彩殿熙熙远客怜。
虎踞秦王雄寨望，鸿基秣马战南塬。
蜈蚣翘首黄河去，陕豫齿唇不再寒。

春节漫步首饰城

（2012 年 1 月 23 日）

虹灯高挂玉牌雄，喜炮烟花映道红。
西部名声扬四海，八方迎笑锦囊中。

望小秦岭

（2012 年 2 月 10 日）

清晨翘望九峰峦，疑是青纱挂碧山。
旭日东升霞万丈，深藏宝物富潼关。

远眺黄河

（2012 年 2 月 17 日）

远眺中条上九天，云赐锦带卧秦端。
长河惟见东方去，万壑隙中跃险关。

十二连城

（2012 年 3 月 27 日）

遥望东塬烽火台，狼烟散尽海桑来。
禁沟拱卫双京路，漫道雄关问九垓。

樱花

(2012 年 4 月 10 日)

仙樱庐外盛花开，锦簇粉团千瓣排。
百蕊蜂忙云尽绕，香飘十里沁脾来。

冬游黄河湿地（二首）

（一）

(2012 年 2 月 18 日)

天鹅起舞戏波涛，万顷蒹葭影漫摇。
三客昆仑千里聚，新妆绿肺喜诚邀。

（二）

(2014 年 1 月 3 日)

斜晖暖瑟川，万水碧丝缠。
晋谷中条卧，关西华岳巅。
青潭浮画舸，白絮衮飞滩。
独立阁亭上，一观秀色绵。

东山怀古

（2012 年 2 月 19 日）

日跃东方照九天，黄河东去翠屏翩。
造人泥柳女娲氏，守隘狼烟秦汉砖。
秣马厉兵风骤起，同舟狙寇卫家园。
崤函降瑞飘灵气，雄起桃林绕紫山。

潼关人

（2012 年 3 月 10 日）

秦峰迤逦水东流，古塞名关战火秋。
尚武崇文性刚烈，龙头狂舞傲神州。

黄金咏

（2012 年 3 月 23 日）

天赐宝藏蕴南山，百选千磨历万般。
苦炼轮回情再铸，惟留赤胆富潼关。

桐 花

（2012 年 4 月 11 日）

筒筒铃铛串串青，春风荡漾静无声。
紫妍桂冠千枝戴，才溢栋梁绣锦程。

潼关怀古

（2012 年 4 月 21 日）

崤函已去潼关来，三秦锁钥金汤徊。
裙绕黄河秦屏展，左眺华岳渭扇开。
女娲造人东山始，孔子关外输顽孩。
杨公拒金清廉气，马超追曹误刺槐。
秦王韬光屯精锐，闯王恶战南塬衰。
慈禧西逃鸭片妙，纬国抗日枪炮排。
十二连城禁沟险，狼烟四起冒烽台。
历史战事九百许，兵家必争守古塞。
今朝旅游兴伊始，三黄三古赛蓬莱。
华夏金城今雄起，高扬龙头独树牌。

注：三黄三古指黄河、黄金、黄土地，古关、古城、古战场。

春日采槐花记

（2012 年 4 月 29 日）

春来槐卉谷，犹自觅芳菲。
采蜜蜂蝶去，雪乳奶酪醇。
三朋闲日采，筐满乐滋归。
贤荸蒸厨后，喷香麦饭馨。

夜来香

（2012 年 6 月 9 日）

孤屐敲夏夜，巷苑竞花开。
风晚徐徐淌，浓香阵阵来。
不为晖斗艳，但醉月馨怀。
傲视凡俗事，独怜济世才。

夏 荷

（2012 年 6 月 13 日）

万顷荷塘碧映天，微波荡漾舞翩跹。
蒲团硕叶亭亭立，粉面芙蕖蕾蕾尖。
鸿雁翱翔湖镜掠，鱼虾潜底恋青莲。
世间君子皆怜藕，漫簇污泥心不沾。

黄河金三角文艺研究院成立周年贺

（2012 年 7 月 8 日）

三区九地聚潼关，书画为媒结善缘。

则待来年仲夏日，黄河艺苑卉犹鲜。

二肖湾酱菜

（2012 年 7 月 12 日）

潼洛水偎沿，城南遍衰田。

广植铁杆笋，满载入东园。

酱菜八番溢，芳香脆更甜。

佳肴何处有，遥指二肖湾。

东沟晨练

（2012 年 7 月 14 日）

纱笼青山绿笼塬，曦驱阡陌壑东缘。

牵牛漫绕嫣千野，晨练四方惬险关。

潼关晨景

(2012 年 8 月 15 日)

晨雾笼南塬，天仙泊古关。

旭阳朝宇挂，男女秀桃源。

驱驾逐西谷，人间绿映颜。

依稀虹晓架，遥岸咫相连。

红楼观

(2012 年 9 月 15 日)

独耸东山翠要冲，红楼道观火香浓。

拾阶更上魁星殿，极目三河抱故潼。

潼关美食（六首）

(2012 年 9 月 20 日)

肉夹馍

千揉万擀层层松，肉香饼脆味靡同。

若问佳肴何处觅，深居间阁惟玉潼。

羊肉泡

晨过刘家老店旁，大锅三尺滚羊汤。

馍掰大碗增食欲，蒜瓣佐餐满口香。

鸭片汤

昔逢慈禧幸津潼，尝遍仙羹赐美名。
鸭片汤由里脊烩，珍馐从此下关东。

烩 饼

三省独出一美餐，丹汤飘翠金丝全。
何处飘香游客问，黄家帘内赞声传。

蒸 碗

传统蒸笼八大盘，绿白鲜氽碗碗鲜。
三鲜酥肉鸡黄焖，热馍就菜诸神馋。

麻 食

金城美味靓秦东，配菜粉条色愈浓。
晨品一餐难过瘾，漂泊游子更思潼。

中秋月夜

(2012 年 9 月 30 日)

一轮皓月映青纱，尽洒秋霜金陡家。
漫步静宵欢庆日，举国阖睦向天涯。

歇马西沟晚秋图

（2012 年 10 月 21 日）

壑峁青青沟道长，芦花摇曳野菊香。
数株红柿枝头笑，牧歌声里领群羊。

双桥通车贺

（2012 年 11 月 6 日）

夕沟双拱越三区，盘曲蜿蜒忆往昔。
稳固雄关华岳近，弘农商贾始归一。

初冬即景

（2012 年 11 月 7 日）

寒风掠陌现苍茫，桔映斜阳秋叶黄。
高唱雄鸡旗帜展，巍巍翠岭渭河长。

孟冬洪水沟漫步

（2012 年 11 月 28 日）

日晕清溪白絮馨，盈翔彩雀瘦槐林。
果丹菊野斜坡聚，阡陌小歇看彩云。

金城冬景

（2012 年 12 月 1 日）

瑞雪携风蔽古城，玉团秀翠映南峰。
银龙翘木窥仙境，盛世乾坤喜事萌。

岳渎公园

（2012 年 12 月 24 日）

日映霄空秀远山，一瞰半岛白云边。
桥依槐老方灯列，埝坐亭阁曲境环。
静水瑶池关漫绿，长天惊仰岳层莲。
俯观大地群山小，豁仞乘龙入道仙。

阿彪寺

（2012 年 12 月 28 日）

蛰居半壑傍潼涧，紫苑佛光照刹禅。
殿舍银披钟晓响，孤僧帚雪雀飞檐。

秦东小寒

（2013 年 1 月 5 日）

茫茫银带右曲冰，近岸咔嚓满玉凌。
厉刃西川风刮过，东秦荒苑更萧宁。
中条雪衬蒲津旺，北望秦屏萧瑟凝。
肆虐山风寒雪过，阳春几刻抚心灵。

再谒杨震墓祠

（2013 年 1 月 20 日）

巍峨华岳雪莲屏，九曲滔滔荫故亭。
紫气春风拂翠玉，府堂灰瓦四知明。
松丘酒祭勤忠骨，翠柏高洁净众灵。
廉吏清白传四海，杨公品质润德行。

携人大代表初登山河一览楼

（2013 年 2 月 27 日）

斜阳春晓妍，代表阅东山。
道观印台耸，银滩瀚宇边。
首阳太华佑，麟角凤毛翩。
登上石阶顶，山河抱津关。

春回寺角营

(2013 年 3 月 20 日)

斜晖耀遍陕东塬，堰下桑梓映膌田。
秦岭迤逦簇苍狗，墩台磐固嵌珠帘。
黄垄绿线眸青野，玉璧青庐思故园。
慈母坟前频叩首，冥洋烧尽祭祖先。

佛头山麓农家乐所见

(2013 年 3 月 26 日)

红日照峰峦，连翘舞莽山。
窗前粉瓣盛，舍后玉花嫣。
袅袅青烟起，攘攘农苑欢。
虔行兰若道，暮鼓响僧禅。

黄河老腔

(2013 年 3 月 29 日)

山河壮我眸，故土衍春秋。
陌野耕田垄，秦腔村巷悠。
台前皮影晃，幕后庶民讴。
未走申遗道，桃林绝艺留。

川城子古村堡

（2013 年 3 月 30 日）

阳春趋故寨，铁谷画城弧。
万仞蜿蜒道，孤村数载芜。
人离空剩岛，金线吊葫芦。
痕迹艰辛去，新城更佑福。

黄河金三角旅游览胜

（2013 年 4 月 13 日）

炫月烟花绿意萌，黄河旺角旅游升。
双华峻秀怜西庙，锁钥潼津右谷呈。
城固崤函亚武耸，中条雪案庙堂钟。
金银探秘藏秦岭，当日出关览数城。

注：双华指位于华阴市的华山，华县的少华山。

潼关首饰城开业二十周年贺

（2013 年 4 月 29 日）

迤逦金山滚滚河，双京锁钥细雕琢。
风吹日晒二十载，漫漫春华岁月跎。
巷外马车无虚位，商台远客地无泊。
强联岳陆旅游盛，华夏名城旺角勃。

陕西东大门绿化

（2013 年 5 月 8 日）

焰月仙姑岳渎临，莺歌草茂舞苍林。
滔滔黄水靡烟柳，峻峻青山绿树新。
戍士梯塬金陡守，关卒陌野寨营屯。
踏石留印千坡蔽，靓扮秦川东大门。

创建国家卫生县城

（2013 年 5 月 10 日）

创卫正冲刺，云翻上下霓。
案铮棂净亮，庐馨巷街翕。
陋惯悄然逝，新风四处弥。
金城风景异，桂冠会期冀。

秦岭农家乐

（2013 年 5 月 16 日）

远看青山近翠峰，四时朝暮幻无穷。
清溪石上蝶媚舞，路畔车泊客舍隆。

吊兰（二首）

（一）

（2013年5月17日）

淑女窗前映窗棂，尽显贤淑妖艳容。
不论暑寒光远近，甘播清翠献庐中。

（二）

（2014年4月19日）

金丝怒放涌凝泉，淑女窈窕舞袖尖。
挚友抬眸欢未尽，可怜欲抱置庭前。

入关图

（2013年6月3日）

九曲十八弯，三黄赐古关。
川河呈秀景，游乐醉蓬仙。

小南沟记

（2013年7月1日）

盛夏四朋闲，倚坡翠坠渊。
青屏残崗蔽，彩雀密林欢。
舟动鳞波碧，杆垂寡欲虔。
一泓滨戴月，把酒误江南。

金城仲夏雨霁图

（2013 年 7 月 4 日）

甘霖降旱秋，万物夺珠悠。
苍岭萦屏翠，衰原簇帘眸。
倚窗靓金碧，轻足客将休。
关旅潼津旺，一盘硕果收。

西峪河感

（2013 年 7 月 5 日）

潺潺浊水流，污染几时休？
空忆孩提梦，长天伴绿洲！

雨霁荷海

（2013 年 7 月 18 日）

谷下芙蕖碧万余，银珠宿卧绿毡弥。
翙翙白鹭当空舞，呱呱闲蛙伴彩鱼。
顶顶雪苞并蒂荡，莘莘蓬叶霓裳萋。
雨泊靓舍藏香去，疑醉江南不忍离。

贺首饰城新市场（三首）

（一）

（2013 年 7 月 23 日）

新街迎商贾，三巷动工忙。
待到双休日，伴君共赏光。

（二）

（2014 年 4 月 30 日）

金陛市街兴，威坊武兽凝。
千联天碧赤，百肆盛装迎。
柜围琳琅目，厅前熙攘情。
足金迷远客，爱在不言中。

（三）

（2013 年 11 月 30 日）

雄狮傲踞玉牌坊，丹幛高悬映靓妆。
手足连枝仙客骤，河西独冠美名扬。

西沟晚照

（2013 年 8 月 5 日）

远望群山暮色沉，夕阳高架谷幽深。
鹓鸣陡岸双眸绽，玉簪豁原万壑魂。

雨霁西潼峪偶遇

（2013 年 8 月 8 日）

白雾笼青山，鸟绝空谷闲。
麓荫茅舍踞，隐隐遇三仙。

纳凉

（2013 年 8 月 10 日）

钢砼林蔽翼昆鸣，残月星空西苑平。
若问纳凉何处觅，翠湖夜景好心情。

小城初染晚霞低，阔步轻装凉意袭。
耳畔轻歌传远近，不识舞者汗湿衣。

暮步秦岭大道

(2013 年 8 月 12 日)

黄河折远方，翠岭卧南墙。
太华凝眸眺，高楼踮足茫。
双屐量阔路，细语沐斜阳。
挥汗疾如箭，擦肩尽陌郎。

题龙湫休闲生态园

(2013 年 8 月 15 日)

马涧乘凉向碧山，双排美景好居仙。
循幽花径龙湫影，翠色醉迷月亮湾。

山村小景

(2013 年 8 月 23 日)

门前溪水轻身淌，寂静空山酷暑降。
对岸胡桃荫下休，相窥石畔野风爽。

潼 关

(2013 年 8 月 31 日)

黄河北绕翠山南，秀色萦城半阙仙。
如画如诗何处觅，中原入陕第一关。

东柳豆腐坊

(2013 年 9 月 22 日)

漫步农家乐，葡荫围几闲。
藤瀑临舍挂，百蔬阵方盘。
肴绿醇黄浆，锅盔豆花鲜。
若来暇有趣，美味复垂涎。

晚秋红柿

(2013 年 11 月 8 日)

丹果暮秋夺眼眶，引得过客竞相尝。
虬枝软柿雀鹏啄，群舞喳喳戏雨霜。

东 塬

(2013 年 11 月 25 日)

苍茫妆即卸，梗壑骨风翩。
瑞雪如期至，银花润紫塬。

潼关沟壑

(2013 年 12 月 8 日)

遍踩潼关千道沟，南山晋谷锁极眸。
刀光剑影叱咤尽，妆翠叠云踞上游。

寺 底

（2013 年 12 月 19 日）

云笼翠微寒笼滩，秦营寺底涧相连。
屯兵趵马神泉溢，镇恶蜈蚣焰若兰。
龙殿东陈青柏簇，哪吒西驻武狮严。
重修关庙相辉映，最美乡村众汗颜。

秦晋峡谷望潼关

（2013 年 12 月 24 日）

秦峡万仞渡风陵，且放昆仑锦带行。
遥望云屏烽火袅，金戈铁马任吾骋。

望潼关西大门牌楼

（2014 年 1 月 21 日）

嵯峨华岳河东逝，百二雄关万古名。
且看往昔衰败处，泱泱五彩九霄凌。

甲午春节走亲戚所见

（2014 年 2 月 2 日）

走遍天涯百老村，横洁纵净疑亲门。
朱灯高挂双联闹，敬德秦琼守二扉。
三木横宅财气旺，珍馐香溢叙一樽。
新装悦面人车乱，满苑春光喜众亲。

岳渎阁雪望

（2014 年 2 月 10 日）

玄圃银河峻谷奔，壶口凝浪封龙门。
瀵雾汇川双臂阔，崤函浪底逝不归。
南岭琼屏莲岳兀，首阳雪案五老陈。
玉带抱关天鹅莤，魁星探冰紫云飞。
茫茫关西千里雪，皑皑残塬万壑痕。
寒梅傲雪清风逝，桑梓代代崇杨神。
齐聚兰亭终军志，萤窗击楫惜晓晨。
且待山花烂漫日，金城河山泽后人。

鱼化屯踏雪

（2014 年 2 月 17 日）

银披鱼化顶，瑞雪嶂丘峰。
玉粟点林表，白龙掩翠屏。
珍珠绣万壑，琼柳映金亭。
霭笼蓬莱月，凤凰仙谷鸣。

登佛头山

（2014 年 3 月 7 日）

阳春拾墀白云巅，佛崖禅寺卧终南。
踏雪悠悠崖回马，陡谷皅皅十八盘。
风萧雪旋讲经处，迂爬径转二龙潭。
滴水岩下殊胜景，玉树琼花映九天。
翠竹飒飒弥雾霭，灵鹊掠松海涛绵。
一览峰峦白云降，观音洞旁探宇寰。

观 河

（2014 年 3 月 29 日）

春暖花开沐斜阳，飙舟泛浪喜徜徉。
交杯换盏酬知己，远望风陵问海桑。

南原春色

（2014 年 4 月 2 日）

细柳徐风烟雨村，粉桃银杏目盈春。
桐花垄畔耕阡陌，晓启优商梦更真。
野雀凭巢欺大雁，山间魑魅篾明君。
峁滩且树正能量，开拓当肩启后昆。

槐花谷

（2014 年 4 月 24 日）

春光未逝碧波扬，万壑千枝金蕊香。
三影崖根花串串，迎得众蜜萃心尝。

月亮湖

（2014 年 5 月 4 日）

三河萦雉东谷去，龙坝佑庇残月空。
杨柳婆娑霞彩韵，雪莺炫舞水天青。
一汪素面无穷翠，几叶轻舟泛渔行。
千年楼台城外伴，万滩苇荡心岛迎。
华岳三朋曲堤莅，堪比西子悦心情。

夕游南山

（2014 年 7 月 1 日）

余晖染麓田，翠目寺崖边。
群牧青坡缀，闲牛漫砾间。
谷幽藏瓦舍，好客醉风仙。
矿苑添幽境，来朝盖华山。

夏 日

（2014 年 7 月 10 日）

当空炎日路烟缭，陌客孤稀市渐凋。
半夜忽然逢暴雨，莲蓬起舞爽西桥。

双桥闲秋

（2014 年 9 月 25 日）

蜈蚣崖下望芜田，粉黛喇叭绕瘦杆。
菊月和风藤蔓翘，芦花挥手笑崖川。

岁在甲午深秋麓北闲居

（2014 年 10 月 19 日）

菊月衣纱南岭屏，红实彩锦万崖萦。
除尘苑外烧朱叶，蘸墨闲斋绘丹青。
窗外袅烟欣靓景，案头运笔题仄平。
粉墙书画百千卉，惹得蜂蝶斜道倾。

东秦五台山

（2014 年 10 月 25 日）

秋高气爽艳阳天，一片芜泽陟圣山。
柿下读书飞鸟去，品茗伺草寺中仙。

晚秋独步无名丘

（2014 年 11 月 15 日）

陟仂高丘望衰林，余曛点遍眩子春。
风蚀败叶飘零尽，曾现枯枝少履痕。

太要环山路孟冬

（2014 年 11 月 25 日）

翠微麓下道迂回，碧垄红灯近舍颓。
孤守金窝三秩逾，依稀致富路难寻。

春赏南原桃花林

（2015 年 4 月 6 日）

三月粉锦漫霞天，西子霓裳媚面惭。
夸父仗遗桃万野，女娲鞭柳塑人寰。
塞边故垒鸣光剑，僻谷崤函扼弹丸。
大美河山潼隽胜，靖节犹叹恨南原。

别 春

（2015 年 4 月 20 日）

关河四月尽纷呈，万瓣残花嫁煦风。
道野紫桐蕲艾翠，山藏雪杏杜衡葱。
桃林飞燕褚衣恋，拓苑鸣蛙短袖轻。
把酒临风别荏苒，鬓霜无视系苍生。

和夏日晚风《又是一季槐花香》

（2015 年 4 月 29 日）

千崖万壑聚眸观，碧翠一袭雪掸间。
又是洋槐花盛季，香飘九里美筵添。

附：

又是一季槐花香

夏日晚风

甜香沁脾止步观，满枝银铃浓绿间。

春风轻摇满树铃，默不作声把景添。

网游黄河金三角

(2015 年 4 月 30 日)

网览山河锦绣呈，凭扉佐梦海桑弘。

神潭百凤藏幽谷，燕子老君耻丈瀛。

陌野黄云眉万眼，盈园国色沁空灵。

欲吻北国红鹃树，更上潼关道脑峰。

秦王寨

(2015 年 5 月 4 日)

唐时明月汉琼楼，剑影金戈梦未休。

旅戍屯营旌悲壮，马嘶僻谷趵千秋。

尘残青瓦黎元泪，风卷丹墀裘锦悠。

放眼封遗盼盛世，千年故寨火雍州。

洋槐花吟

(2015 年 5 月 6 日)

千沟挂玉铠，万户醉芬芳。

立夏槐序尽，悄然换赤妆。

银杏园

（2015 年 5 月 7 日）

暮雨轻拂白果园，凝眸幽翠蔽云天。
兰亭畅叙上林道，溪涧灵箕映雪莲。

暮泊月亮湾

（2015 年 5 月 14 日）

暮向南山月亮幽，萋萋芳草漫龙湫。
鱼徜花海蓬仙地，何处清心马涧洲。

麦 田

（2015 年 5 月 18 日）

千里秦川麦浪腾，悠悠布谷醒乡农。
风调雨顺连天际，何处高沽百库盈。

樱 桃

（2015 年 5 月 19 日）

珍珠粒粒似婵媛，醉口形形入画坛。
梦里寻她千百度，秦山脚下懋真颜。

点绛唇·东山

（2015年6月4日）

紫气东山，军民抗日三层岭。炮台高耸，击退倭人梦。　　荒草萋萋，岁月催人省。游思定，关河皆动，来日桃林兴。

如梦令·夕游

（2015年6月9日）

暮夏漫屐西谷，无意笑聊崖处。晖影秀蒹葭，花簇一泓澄库。轻步，轻步，勿扰尚公垂渚。

长相思·岳渎晚照

（2015年6月26日）

渭水流，洛水流，汇聚山河一览楼。夕阳舞彩绸。　　远客游，近客游，仙客擦肩凤翼头。岳渎极目收。

清平乐·月亮湾

（2015年7月3日）

闲庭信步，误入龙湫堡。怒放黄花凭涘处，一片诗情如瀑。故人相聚聊欢，兰亭把酒酡颜。无意卷帘牖外，溪萦翠竹居仙。

如梦令·佛崖寺

(2015 年 7 月 3 日)

漫陟佛崖深处，云笼欲仙心悟。禅寺雀悠鸣，法事梵音如故。习武，习武，野卉山藏为伍。

浪淘沙·黄河书画

(2015 年 7 月 8 日)

百米画长幅，夏暮欢书。滴滴点点绘蓝图。小鸟欲飞凌汉宇，乐醉江湖。　　八九点光浮，父母陪涂。含辛茹苦助新雏。蓓蕾来年成大树，怜子如初。

如梦令·山巅

(2015 年 7 月 11 日)

矗立巍巍秦岭，惯看波涛迭涌。雪雨沐红尘，万象云烟风影。如梦，如梦，把酒临风天命。

蝶恋花·秦王寨

(2015 年 7 月 21 日)

是日，潼关欲弘关隘文化，投巨资，打造秦王寨马趵泉景区。吾百感交集，热血泉涌，遂赋之。

岁月悠悠兴几许？骏趵甘泉，虎踞屯营地。纵火蜈蚣承道义，秦王叱咤江山辟。　　大殿香亭花榭旭。翠柳叠桥，故寨歌新曲。再绘蓝图植万绿，鸿鹄凌冠昭希冀。

蝶恋花·三河口

(2015 年 7 月 23 日)

伏暮，携挚友，驱黄渭洛三河汇流处。但见风光迷人，北国绝秀，乃人间仙境。

雨霁三河趋日暮，渭洛潺湲，杨柳临风舞。万顷蒹葭迂转路，夕阳漫炫鸿鹄翥。　　宝塔凭阑谈笑度。画舫粼波，百姓休闲处。远眺香堤游客入，谁人手笔风流著。

蝶恋花·潼关夜色

（2015 年 7 月 25 日）

暮过雄关风景美。灯火阑干，闪烁霓虹醉。灿灿牌楼簇丹桂，今宵把酒人难寐。　　莫道文明轻易谓？拓路除芜，谁解其中味。联创四城千睑泪，全民呵护当为贵。

注：联创四城：创建国家卫生城市、陕西省园林城市、陕西省文明城市和陕西省环保模范城市。

卜算子·神泉夜雨

（2015 年 8 月 3 日）

伏暮映神泉，骤清淅淅雨。灯火阑珊马趵幽，别样风光旖。惯看闹非凡，闲望秦王寂。待到来朝雨霁时，泉寨新无比。

谒金门·荷海

（2015 年 8 月 9 日）

橙暮晕，万顷莲蓬凝润。点点芙蕖羞露粉，含苞盈藕韵。碧海波涛翻滚，白鹭翱空林隐。漫步香廊思不尽，赏荷独我醉。

忆秦娥·上善夕照

(2015年8月22日)

孟秋暮，携文友，赴小秦岭善车峪口上善村采风，遂感之。

金山麓，篁萦上善苍槐暮。苍槐暮，永康城固，万民和睦。昔时血战敌军阻，如今双美田园酷。田园酷，桂香恬墅，走乡游路。

注：双美指美丽乡村、美好家园。

忆秦娥·庆丰古槐

(2015年8月30日)

秋日暮，苍槐千蔽擎天柱。擎天柱，泽被桑土，士贤无数。亢家寨上逍遥度，山河旖旎当空舞。当空舞，槐仙佑护，雁翔凰翥。

清平乐·叹杨素墓

(2015年9月1日)

长河峻岭，凤翼圪垯冢。泯灭红尘芜草纵，千载无人与共。大隋建业频搏，风云叱咤犹卓。惯看是非功过，任由后世评说。

点绛唇·小寨古绒树感怀

(2015 年 9 月 2 日)

茂冠虬柯，三河尽览荫三省。金戈铮铮，城固长安拱。　　雪
月风霜，只把春来等。长空径，慢游遗景，多少潼关梦。

注：绒树学名合欢树。

醉花阴·潼关周泗州城

(2015 年 9 月 4 日)

周旦挥师平叛戍，塞上桃林筑。禁谷绕雄垣，翘岭南巡，丰镐
悠然矗。　　王母玉簪划万谷，神佑民安度。莫道险千年，易守难
攻，人比城池固。

注：周泗州城坐落于潼关县太要镇南巡原头，东西北三面环沟，占地约
100 亩，呈长方形。据载，周成王初年（约公元前 1045 年），周公旦东征平叛
后，在崤函古道西沿，为拱卫镐京修建的军事防御城堡。今南北城垣遗址依稀
可见。

卜算子·潼关汉关城怀古

(2015 年 9 月 5 日)

麟趾踞云关，耸雉无飞羽。万壑萦池扼九州，山海堪能比。往事越千年，雄险封尘忆。秣马扬鞭会有时，风起关河旅。

注：汉关城坐落于潼关县秦东镇寺角营村（原杨家庄村）麟趾原头，四面有远望沟、禁沟、秦岭和黄河环抱，奇险无双。据载，东汉末年汉安帝永初二年（公元 109 年），由邓骘大将军主持修筑，东西约 1500 米，南北约 2000 米，城墙高约 7 米，宽约 5 米，使用 500 余年至隋末。今南北城墙遗址显见。

生查子·潼关唐关城感怀

(2015 年 9 月 6 日)

云端矗卫垣，上下双京拱。雄势瞰崤函，虎踞关中竦。　　千夫铁甲趋，鸿雁传朝令。纵有雉堞雄，尽盼升平梦。

注：唐关城坐落于潼关县秦东镇寺角营村（原杨家庄村）麟趾原东北角，东临远望沟，北与麒麟原相峙成双层绝壁，黄河抱麒麟山东流，西邻关路幽谷，南与汉关城相连。始建于武则天执政的唐天授二年（公元 691 年），与黄河南岸的唐城同一时期。现存遗址呈正方形，边长约 180 米，占地约 40 亩，中间高，四周低，墙高 6 米，宽 2 米，北东西墙内有登城梯道，瞭望岗亭已不复存在，城垣遗址保存基本完整。

清平乐·渭河秋韵

（2015 年 9 月 19 日）

金秋送爽，万顷苣花晃。渭岸格桑齐斗艳，一片丰收在望。堤头灰雀频啄，芦丛白鹭悠泊。垂钓渔翁满袋，千村富庶祥和。

采桑子·凤凰小院

（2015 年 9 月 20 日）

凤凰山麓南辕外，潼水潺湲。潼水潺湲，翠竹幽幽映紫帘。红灯高挂迎仙客，特色香餐。特色香餐，沉醉农家忘上原。

临江仙·七里村河岸秋暮

（2015 年 10 月 5 日）

云上黄河东逝海，萧萧浪退南堤。芦花柳外荡鸥啼。飞桥千壁越，横舸少人渔。　天命鬓霜河渚上，秋风看尽潮汐。独藏玉液几盅迷。多情谈笑过，笔论暮相怡。

采桑子·马趵泉影展贺

(2015 年 10 月 9 日)

金秋马趵人潮涌，影展非凡。影展非凡，驻足凝眸啧誉绵。
后生可畏无穷索，艺苑新巅。艺苑新巅，更上高楼极目天。

卜算子·潼关隋城

(2015 年 10 月 13 日)

禁谷踞苏家，潼水相融处。但见函池横嘴坡，十二连城戍。
隋帝筑雄关，从此双京固。莫道沙场万马嘶，锁钥中华庶。

注：潼关隋城即隋连城关，坐落于禁沟口和潼洛川交汇的秦东镇苏家村谷
函处，建于隋炀帝大业七年（611 年），属京兆郡，设都督北营，同时设都督
南营（今潼关汉城）。隋连城关既可有效控制长洛大道，又可控制禁沟和潼洛
谷南北通道，是当时极为重要的军事要塞。唐武则天时期废止。目前城墙遗址
无存，城中仅留烽火台一座，南侧中嘴坡上有十二连城十七座烽火台遗址，延
至秦岭峪口。

附： 和《卜算子·潼关隋城》

刘俊利

旧事尚萦怀，故卫踪无影。唯见天河逝水东，才俊湮荒冢。
唐阙始离出，京不长安盛。夜榻惊闻铁马鸣，唤我中华梦。

注：作者系华县工业园区管委会主任。

鹊桥仙·大河秋韵

(2015 年 10 月 15 日)

秋高气爽，风清天旖，柳外蒹葭悠逸。暮晖和韵映红河，舟影漫幽滨雀呖。　　志同合道，性情共脉，尽享偷暇畅叙。谈天说地勿轻离，又岂在灯红酒绿。

附：和诗

刘俊利

去岁蒹葭还肃瑟，前年斑鬓复白生。

不知来日仍相对，会否秋河月暮中。

卜算子·暮秋拜秦王寨博物馆

(2015 年 10 月 19 日)

秋暮渲秦屯，珍品藏秦岭。博古三千多少情，拜宝国人敬。秦汉越隋唐，渭汭封尘盛。更喜今朝重现天，陕豫无能竞。

浣溪沙·秦东特色小吃争霸赛

(2015 年 10 月 21 日)

渭水滔滔富庶州，万千绝味擂争游。东秦百姓醉珍馐。遍飨佳肴无觅处，潼关更有美食候。苍生丰裕固金瓯。

附： **浣溪沙·原韵奉和李宏弟先生**

刘新民

秦岭苍苍穰洛州，山清水秀客争游。民丰物阜尽珍馐。

今晓佳肴荣陕左，定奔贵地不长候。谈诗品食饮金瓯。

注：作者系洛南县诗词楹联协会会长。

附： **浣溪沙·和秦东特色小吃争霸赛**

许向前

黄渭悠悠富九州，金城美味尽风流。中央新政溢金秋。

民乐物华歌盛世，珍馐玉液庆丰收。饕餮香醉路人留。

注：作者系世界中医药专家同盟联合会长安分会会长、荣庆林国医堂董事长、国家中西医执业医师、国家武术五段。

如梦令·崖上醉秋

（2015 年 10 月 27 日）

崖上暮秋晨练，满目黄花争艳。红柿傲寒霜，尽赏风光无限。多看，多看，沉醉误滑丛灌。

鹧鸪天·村野晚秋

（2015 年 10 月 30 日）

陌上斜晖醉晚秋，芦花柳外荡村头。高粱倚埝凝霄汉，红柿悬枝傲万沟。　菊灿灿，麦油油。田间硕薯地边游。豆坊舀尽开怀笑，五谷丰登何是愁。

浣溪沙·火棘吟

（2015 年 11 月 2 日）

陌上萧疏蔽万霜，珍珠绛果醉斜阳。颜酡似火泛红光。
不论凄凉荫大地，但求灼热傲苍黄。寒风掠尽我独强。

减字木兰花·花圃孟冬

（2015 年 11 月 20 日）

逸香散尽，冬日拾荒炉火焌。轻扇摇风，柴炭熊熊暖大棚。
闲庐漫步，碧翠层层银杏妒。不是阳春，胜似阳春醉我心。

更漏子·冬雪

（2015 年 11 月 24 日）

猎风吹，霏雪下，金陛萧萧人寡。黄叶蔽，翠竹寒，夜长珠泪
帘。　　鸣杜宇，聆残曲，茅舍凄凄不语。尘已去，雪萦怀，驾云
仙殿台。

南歌子·初雪闲得

（2015 年 11 月 25 日）

扫雪残墙外，生炉敝舍旁。轻撷瑟菜佐清汤，袅袅炊烟升起
漫空梁。　　饭后寒衾寐，抬眸晓月霜。红尘往事逝沧桑，却道一
帘幽梦醉无殇。

玉楼春·银杏吟

(2015 年 11 月 27 日)

　　昨天残雪枝头蔽，今晓卷帘霜满地。凌风琼杏尽萧疏，乱叶盈街香暗去。　　春光潋滟繁桠碧，金扇秋来风景异。千年古木傲苍穹，却待黄莺仙果觅。

南乡子·雾关

(2015 年 11 月 30 日)

　　浓雾锁金城，满眼烟云不辨东。阡陌高楼成蜃景，朦胧。何处光芒照玉潼。　　千古论英雄，大浪淘沙险隘情。莫道哥舒兵败北，难评。不尽长河逝影踪。

一剪梅·冬日偶得

(2015 年 12 月 2 日)

　　残叶萧萧瘦木凌。郊外疏展，陌上孤行。寒袭浓雾漫云烟，鸿雁咽别，乌雀喳横。　　花已凋零雪翳蓬。金柳闲飘，香蕙悠凝。瑟风无语月弥霜，汗泪方歇，翰墨相逢。

苏幕遮·金城冬景

(2015 年 12 月 3 日)

岭苍苍，河水漾。陌上青青，醉眼金城靓。道外高楼林苑上。小巷干洁，井井行人往。　肆如林，生意旺。老少悠闲，嬉戏祥和场。盛世东门福祉享。不是神仙，更比神仙棒。

清平乐·冬趣

(2015 年 12 月 6 日)

斜晖冬暖，萬外残花暗。幽径蜿蜒衰草漫，松下莺鹏偶现。男孩忙吊杠梁，女童柏粒撷藏。远处红衣兄妹，车前屋后追狂。

玉楼春·港口民国隧道感怀

(2015 年 12 月 7 日)

谁家敝洞东山隐？九秩春秋无客问！寒来暑往沐斜阳，惯看关河霜两鬓。　春拂紫气雄关润，古垒开发频喜讯。黄金探秘补遗缺，老隧新游来日振。

定风波·环卫工

(2015 年 12 月 10 日)

孤影栉风扫晓尘，风餐露宿沐冬春。几度暑寒披雪雨，何惧？人间处处净如新。　惯看沧桑多少事，无视！车来客往不知辛。鸟语花香环境俏，人道：金城环卫是功臣。

踏莎行·探秘禁沟关

(2015 年 12 月 16 日)

冬暮，携潼关文化专家和当地友人，赴天险禁沟潢井村段，探寻麟趾原古代军事辅助防御体系重要组成部分之禁沟关遗址。吾感悟颇深，遂赋之。

瘦木萧疏，芦花斜晃，暮晖佯照蓬崖上。百寻幽谷踞墩台，戍防五岔城无恙。　寨子西瞻，烽台东望，千年暗隘丸敌挡。刀光剑影遁烽烟，孤留遗恨空山荡。

江城子·潢井关怀古

(2015 年 12 月 19 日)

千年古垒险南关。踞秦山，扼中原，钳制连城，远望纵崤函。固隘锁门封潢井，担二谷，拱京安。　红尘滚滚逝烽烟。忆当年，战声绵。王莽黄巢，铁马躲雄关。黩武穷兵多少事，辛百姓，泪涟涟。

注：千古潼关之麟趾原（南原之一），东临远望沟，西依禁沟，南屏秦岭，北裙黄河，千年前为长（安）洛（阳）大道必经之处。原上下从南至北分布巡底关、潘井关、杨家湾关、寺角关、古城关、石门关、潼关等险关要隘，远望沟内设远望沟关，禁沟设禁沟关，沟西王华屯原分布十二连城关及其十七座烽火台，形成冷兵器时代立体式军事防御体系。潘井关为自中原经崤函古道入长安时秦岭北麓的重要关卡，地势极为险要。

天仙子·花圃闲冬

(2015 年 12 月 22 日)

冬日卷帘棚舍暖，水雾浥尘花斗艳。倚墙撷拽几枯瓜，除敝蔓，堆柴秆，轻点火苗风劲焰。　　秋尽叶残冬逝远，野草瑟霜池外暗。闲庭悠步醉香烟。天已晚，人寥乱，灯下静思读夜半。

渔家傲·金陡靓冬

(2015 年 12 月 24 日)

原下关河灰素妙。冬曛重彩白衣俏。太华首阳挟大道。芦边眺，天鹅起舞三川翘。　　金陡旅游嗷鼓角，紫山湿地风樯啸。水浒珠连一片闹。谁曾料，新扮古垒秦东傲。

鹧鸪天·携人大代表政协委员慢游潼关十里画廊

(2016 年 1 月 19 日)

凤翼崖头起巨龙，蜿蜒十里尽台烽。三川约会翩翩舞，九垒云集脉脉情。　　山点赞，水摇旌。关河奏响旅游风。破踏铁屦天涯觅，无限风光在玉潼。

玉楼春·潼关古战船

（2016 年 1 月 30 日）

人间路止潼关险，岭外关河迎万战。坚船利箭渡东风，秦晋硝烟冲赤汉。　　铁鞭舞响流星眩，竹马疾奔舟劲乱。喧天锣鼓震苍穹，诉尽古今多少怨。

注：铁鞭、流星、竹马、锣鼓是古战船大型舞蹈的重要组成部分，起到渲染古代水战气氛的作用。

江城子·十里画廊雪霁

（2016 年 2 月 1 日）

长廊十里雪中游。裹轻裘，陟仙楼，极目三河，玉毯被川丘。万里冰封银锦秀，龙迤逦，舞琼绸。　　谁人手笔著千秋？岳渎幽，画屏道，山水珠连，故隘醉金瓯。炀帝乾隆犹自愧。金陵美，俱风流。

蝶恋花·猴年春节畅游十里画廊

（2016 年 2 月 8 日）

十里画廊风景胜。元日踏青，春色迷伊影。旖旎山河无与共，披红挂彩游人兴。　　羊去猴来春意涌。春满乾坤，万户同欢庆。大美金城人气盛，今朝更筑雄关梦。

政通人和

七月礼赞

(2011 年 6 月 28 日)

高唱红歌看颂篇，重温建党九旬天。
长天纵跨求发展，党指光明冲在前。
陕豫强联施妙手，潼灵共造乐新园。
只争朝暮神能聚，沧海桑田巨浪翻。

寄老年书协窑上村采风

(2011 年 12 月 24 日)

采风窑上去，笔墨舞云端。
书画浓情意，欢歌闹九天。

春天（诗二首）

（一）

(2012 年 2 月 25 日)

雪花送孟春，絮絮面罗纷。
轻落湿寒地，北国万物馨。

（二）

春来夜雨飘，滋润麦新苗。
喜鹊鸣声脆，丰年何日遥？

话雷锋

（2012 年 2 月 28 日）

市场经济二十年，国兴政强天地翻。
柴米油盐茶酱醋，人富物丰众欲仙。
依法治国制度好，德治社会榜样贤。
五十春秋年更倡，雷锋精神当永传。

话说愚人节

（2012 年 4 月 1 日）

人间拓苑倦精神，漫漫长宵才见晕。
尘乱风霾吹不尽，愚兄难辨夏冬春。

金砖之路

（2012 年 4 月 12 日）

缕缕春光照五洲，沧桑嬗变几春秋。
今朝试看祥和梦，新体金砖发展谋。

注：金砖指俄罗斯、中国、印度、巴西、南非五个新兴市场经济体国家。

题 2012 世界旅游小姐

(2012 年 4 月 13 日)

貌似天仙气不凡，嫦娥皓月降民间。
佳人才艺易安愧，文旅搭台天地宽。

西安归来偶悟

(2012 年 5 月 27 日)

火红五月绿绒毡，上赐黄绸金缎绵。
金练银梭人脉富，西北独领醉人间。

贺神九飞船发射成功

(2012 年 6 月 17 日)

神舟点火上苍穹，大圣翱云驾太空。
揽月天宫逢盛事，繁星索驭锦囊中。

誓卫钓鱼岛

(2012 年 9 月 16 日)

改革开放快步展，崛起中华世犹奇。
琉球诸岛台东踞，五百轮回归故区。
忽闻倭寇虎视耽，举国上下齐愤激。
斡旋游诉三军演，誓死保钓孰敢欺。

逸香花圃深秋

（2012 年 10 月 27 日）

朱叶宿珠挂满墙，奇葩入舍地荒凉。
暖阳静沐撷花种，菊瘦枫红傲晚霜。

喜迎十八大

（2012 年 10 月 31 日）

九曲蹦欢流，南岭葳蕤崇。
灵雀俏枝语，紫气弥秦东。
四轮逐驱动，黎民乐其中。
秧歌舞街巷，锣鼓憾耳聋。
金城俊万象，瑞气笼玉潼。
更待来秋月，乾坤别样红。

漫话世界末日

（2012 年 12 月 21 日）

影幻美洲玛雅言，末时世界乱人寰。
乾坤朗朗天无恙，越日谣魔自破穿。

逛早市

（2012 年 12 月 23 日）

倚池问古晓迎寒，漫顺墙根街市间。
叫卖嘈杂人攒动，琳琅果菜少时完。

闯年关

（2013 年 1 月 26 日）

天长地暖更春馨，闹巷熙熙摊铺邻。
食寝未安逢孬事，幽深险坎越何心。

舌尖浪费当刹

（2013 年 2 月 6 日）

锄禾汗两行，劳苦耕耘忙。
盘中餐粒粒，阡陌五谷旁。
豪门酒肉臭，阔绰若平常。
茅舍未果腹，三亿一载粮。
舌尖糟践耻，节俭树新纲。
传家弘瑰宝，风正华夏昌。

整党风行动

（2013 年 3 月 27 日）

雨露金城整党风，四评五议再提升。
学查论改目标在，永葆先纯梦远行。

癸巳春节偶感

（2013 年 2 月 10 日）

皓空璀花烟，春晚聚宵餐。
漫逛礼服靓，转眸又新年。
华灯初檐上，街坊霓虹珊。
征尘未曾洗，影丽心寡欢。
昔日拓区愚，绩少何处宣。
节后谋要事，鼓劲扬远帆。
只待山花烂，新域东方繁。

速记"4·20"芦山地震

（2013 年 4 月 20 日）

晨曦谷雨遭强震，巴蜀芦山祸难中。
衰野房屋千瓦乱，黎民村镇撼苍穹。
中央强指官兵上，疾救生迹四面拥。
灾陷一方四海助，全民共御贯长虹。

致摄影爱好者

（2013 年 4 月 28 日）

三月好心情，采风山水行。

欲拍非常作，独探在蓬瀛。

汶川地震五周年祭

（2013 年 5 月 12 日）

巴蜀边陲岭迤逦，山神怒吼逝往昔。

汶川故日毁无数，藉圉今朝难有期。

万众支援家苑建，举国哀悼祭灵躯。

自然规律莫相违，持续开发寰宇奇。

廉政谈

（2013 年 5 月 14 日）

三皇源溯五千年，从政发财非两全。

银亮金黄花万惑，眼红心墨饕餮贪。

虎蝇落网悔昨事，蔽日乌云忘皓天。

杨震清风拂大地，务实为政自当廉。

夏 收

(2013 年 6 月 2 日)

南亘青山绿转黄，千川沃野金牛忙。
颗颗珠汗凝食粒，一季艰辛粟满仓。

寄环卫工人

(2013 年 7 月 28 日)

晓驾黄车满目麻，风疾雨骤地生花。
阔街作纸帚为笔，扫靓新城千万家。

悯建筑工

(2013 年 7 月 29 日)

天耸高楼平地基，蜘蛛网就厦林居。
孤独老幼咸无助，建罢裋裋简舍离。

国 庆

(2013 年 10 月 5 日)

九州秋展举国迎，硕果压枝万户兴。
破浪扬帆当正午，鲲鹏越海任君行。

欢乐国庆

（2013 年 10 月 6 日）

国庆乐七天，美食亦休闲。
三五结伴去，尽览好河山。

余晖滨柳洒，舟泛越湖湾。
悠乘小鸭渡，少儿夙梦圆。

亚冠之夜

（2013 年 11 月 9 日）

亚足飙决在穗城，中韩对垒上高峰。
齐搏恒大折新桂，狂乐天河国梦萦。

南京大屠杀七十七周年祭

（2013 年 12 月 13 日）

倭寇侵吾家，同胞被戮杀。
举国殇勿忘，奋肩振中华。

十六望月

（2013 年 12 月 16 日）

抬眸望月月犹圆，遥想美俄只等闲。
奔月嫦娥玉兔走，广寒不日是家园。

抨安倍参拜靖国神社

（2013 年 12 月 29 日）

附体鬼魂安倍身，逆施不义宇寰焚。
中华崛起东傲立，岂容邪怪压明神。

元旦自勉

（2014 年 1 月 1 日）

喜度新春缕晓阳，一生一世万般祥。
生辰元日叠辉映，四溅金花绽彩芒。

雪龙科考船南极解困

（2014 年 1 月 7 日）

陷入南极冰世界，俄舟遇困雪龙驱。
千层封冻终能解，破浪乘风清水徒。

纪念毛泽东诞辰 120 周年

(2014 年 1 月 14 日)

雄鸡一唱旭东升，独树伟人毛泽东。
创业艰辛无所惧，穷追梦想拜英雄。

岁末慰问包村困难群众

(2014 年 1 月 17 日)

萧萧寒九临，甲午蹑足奔。
飙驰向村寨，简徒慰庶民。
古稀五保叟，屋破孤少悯。
伶仃翁耄耋，茅舍独艰辛。
薄礼千里重，鹅毛暖人心。
大爱播天下，社稷一家亲。

讨论政府工作报告

(2014 年 1 月 20 日)

寒梅隆冬邀，辞旧春来潮。
群英盈堂聚，酝酿三通宵。
诸侯争相谏，表里复推敲。
四轮速协动，六措锁目标。
妙手宏图绘，酹觞终军翱。
次朝同舟渡，击楫领前茅。

欣闻南极泰山站建成

（2014 年 2 月 9 日）

骏马穷奔抵冷极，群峰尽览泰山居。
三兄霜染冰川舞，万丈篱笆傲冻区。

焦裕禄赞

（2014 年 3 月 19 日）

黄河故道莽沙丘，万顷芜滩颗无收。
矢志痛移兰考貌，倾身广种焦桐畴。
呕心沥血桑梓育，暮雪朝霜风两秋。
魂荡中华英气在，为民尽瘁万芳流。

怀念习仲勋

（2014 年 3 月 21 日）

一代元勋拓地牛，投身革命度春秋。
陕甘边地照金屹，西北奠基渭华收。
魂系特区杀血路，情牵碧海望新楼。
功勋卓著荡浩气，永葆高风万古流。

《原乡》观感

(2014 年 3 月 26 日)

海峡两岸望眸穿，身向重洋泪始干。
炎黄子孙一脉簇，中华兄弟共根缘。
往昔梗阻肠思碎，今日三通喜乐天。
更待中华齐庆日，赢得皓月碧空圆。

追忆渭华起义

(2014 年 3 月 27 日)

巍巍翠岭屏九天，渭水绵绵逝东关。
遥想百年风云幻，黑云压顶挽狂澜。
易帜赴义武暴动，渭华烽火震南原。
高塘书院乾坤指，西北壮歌浴血竿。
一片丹心照青史，浩气伟业映秦川。
红梅怒放祭先烈，织就革命新摇篮。

览西安南门新妆

(2014 年 10 月 6 日)

金秋国庆日，古阙靓丹青。
旗鼓迎宾友，清波漾外城。
雉堞高翘览，孔庙沁香行。
唐韵千年盛，长安数永宁。

题《俯瞰黄河·准格尔旗自然风光》影作

（2014 年 10 月 13 日）

茫茫塞上壑涛翻，盘舞青龙金翠间。

且道黄河清澈始，天河碧蔚在牛湾。

题《秋声回家》画作

（2014 年 10 月 14 日）

几度风尘秋色忙，红珠金棒瀑庐墙。

遨游浮世三千里，乐上翠微归故乡。

振苏君传经

（2015 年 5 月 5 日）

盈时紫气绕东山，老子桃林授道观。

满座高朋医妙药，金城破浪在今天。

注：2015 年 5 月 5 日，苏州工业园招商局副局长张振苏在《金城大讲堂》上，作了招商项目包装及项目落地专题报告。

初夏防汛检查

（2015 年 5 月 13 日）

万壑潼关塘库博，平时茸坝旱浇禾。

安澜莫道娉婷醉，未雨绸缪汛稳昨。

《土豆姐姐》品牌有感

（2015 年 5 月 20 日）

农人集约闹新场，土豆新牌寰宇扬。

莫问其中真奥妙，皆凭微信做文章。

清平乐·纪念全民族抗战爆发 78 周年

（2015 年 7 月 7 日）

宛平枪响，日寇卢沟闯。淫掠烧杀齐扫荡，亿万黎民血淌。

全民抗战即发，东方国共联伐。勿忘昔时国耻，扬鞭追梦中华。

浪淘沙·乙未天津爆炸

（2015 年 8 月 14 日）

午夜火冲天，滨海魔烟，方圆十里舍无全。爆炸伤亡千万数，损失空前。　　华夏撼心弦，搜救伤员，消防子弟逝芳年。痛训安全成惨剧，责任谁担？

满江红·"9·3"大阅兵

（2015 年 9 月 10 日）

旭日东升，礼炮阵，红旗猎猎。军乐朗，万民激亢，虎师方列。抗战英模雄霍霍，铁骑威甲赳赳越。望天碧，彩带舞银鹰，当空掠。　当年泪，淫风虐。倭寇恨，荼毒血。念风云七秩，九州鱼跃。先烈犹怀铭历史，战魂勿忘奔明月。看今朝，一曲凯歌嘹，开新页。

清平乐·纪念潼关抗日保卫战

（2015 年 9 月 18 日）

侵潼日寇，轰炸无夕昼。千万军民三道守，炮退顽敌金陡。八年浴血穷搏，三千愣娃扑河。固若金汤防线，雄关誓卫中国。

忆王孙·国耻九一八

（2015 年 9 月 19 日）

长鸣警报九一八，惊醒长安酣睡娃。倭寇狂踏勿忘疤。忆腥杀。国耻复铭振我家。

忆王孙·社区夫妻警务室

（2015 年 9 月 23 日）

金城警点踞夫妻，默默无闻守社区。佑护平安邻里息。在朝夕。乐醉桃源一面旗。

诉衷情·纪念周总理逝世 40 周年

（2016 年 1 月 7 日）

长街十里泣双行，四秩断衷肠。鞠躬尽瘁天下，两袖正风扬。天翳雾，地苍茫，九州殇。为民牵挂，国际扬威，万古流芳。

踏莎行·迎新春

（2016 年 2 月 4 日）

大地回春，碧空正灿，金梅遍野争香艳。迎春万朵斗乾坤，和风吹尽山川暖。　　道满灯联，街横贾贩，熙熙黎庶拎包转。踏枝喜鹊报春来，桃林处处春潮泛。

破阵子·除夕

（2016 年 2 月 7 日）

沉醉除夕不寐，红灯漫炫春联。千串爆竹冲耳畔，十里烟花绽眼帘。玉羊辞旧颜。　　守岁温馨夜饭，万家灯火团圆。春晚连连增笑语，短信声声贺大年。金猴跃昊天。

情志抒怀

送傲然上学

(2011 年 12 月 11 日)

苦心送子新道恒，数理化英习技能。
聚力集财惟助勇，潜龙更向九天登。

注：新恒道指西安新恒道补习学校。

故乡情

(2011 年 12 月 23 日)

昔人相聚富荣轩，交箸推杯醉似仙。
游子归来衣锦绣，欣逢圣诞话团圆。

贺县人大财经委茶话会

(2011 年 12 月 27 日)

岁末云集智慧轩，举杯畅饮话情缘。
今朝追浪君何在，高厦英豪向古关。

西埝三委换届

（2012 年 1 月 3 日）

年终恰遇换村班，头雁追潮任益坚。
东苑腾飞兄弟扛，来朝西埝绘新天。

贺振牢、引绳二同志连任

（2012 年 1 月 4 日）

寒冬寺底喜开颜，众护李焦担在肩。
发展增收头雁领，哪吒闹海舞云端。

注：李焦指寺底村支书李振牢、村主任焦引绳。

腊月二十八见闻

（2012 年 1 月 21 日）

瑞雪银衾裹陕潼，白龙俏木彩灯红。
熙熙百姓千车簇，年货双拎疾履中。

大年二十九忆双亲

（2012 年 1 月 22 日）

短信声声爆竹闻，团圆夜饭戏歌新。
音容冥想今犹在，举目孤独倍念亲。

祭祖母（三首）

（一）

（2011 年 12 月 30 日）

潇潇寒意絮飞飘，相会梦中听絮叨。
顿足低头滴清泪，何时再见影遥遥。

（二）

（2012 年 1 月 1 日）

鼓乐声声唢呐喧，花圈重悼泣门前。
三千白首遗容悼，垂泪湿襟送祖安。

（三）

（2013 年 1 月 16 日）

翠岭依依渭水奔，悠悠周载逝仙痕。
音容慈目亲邻里，勤俭持家尊望门。
泪洒孤丘思祖母，锨培新土祭先坟。
今生恩念铭先辈，德品懿风范后人。

注：祖母丁凤英，1922 年 4 月 10 日（农历壬戌年三月十四）生，卒于
2011 年 12 月 29 日（农历辛卯年腊月初五），享年 90 岁。

老同学相聚

（2012 年 1 月 28 日）

少小同窗聚阔宅，亮兄酒菜伺馨怀。

人生苦渡红尘逝，醉美风情望客来。

少年情（二首）

（一）

（2012 年 2 月 14 日）

少小一别去，卅载复相聚。

鬓霜现额皱，惑岁多磨砺。

相对言无猜，童趣再叙忆。

佳肴美酒陈，两约拳声起。

百业功已成，阔步永不弃。

浮云各西东，玫瑰传情意。

（二）

（2013 年 9 月 4 日）

孟秋爽飒天，雅园聚群仙。

共话青葱忆，对看不惑年。

忧愁空一扫，愉悦有酡颜。

把酒集结去，携手启风帆。

致农业友人

（2012 年 2 月 15 日）

少饮家乡水，童居坡南塬。
生遇贫穷壳，干为农口甜。
久别逢知己，适遇琴于棉。
杯酒喜交箸，笑语乐满颜。
春秋读四载，闲暇苦思怜。
敢问故人在，最牵农业缘。

注：琴于棉指潼关县农业局三位同志。

贺地震办乔迁新址

（2012 年 2 月 27 日）

东拂紫气吐春烟，司苑喜迁换旧颜。
亮弟石兄朝暮处，同僚共沐艳阳天。

黄河情

（2012 年 3 月 6 日）

阳春故友上游船，美酒佳肴舞乐翩。
只待河东回拜去，真情重见渡津关。

挖野菜

（2012 年 3 月 12 日）

蜈蚣荒岭踏青外，丈干褐草寒风摆。
俯首疾寻轻轻撷，拾得白蒿与荠菜。

贺岳父寿辰

（2012 年 3 月 25 日）

风和日丽炫花天，同庆轩辕三月三。
耳顺三年勤向陟，夕阳醇醉赛神仙。

清明（二首）

（一）

（2012 年 4 月 4 日）

清明化纸向坟前，仰望天堂忆祖先。
扫尽荒蒿银带绕，懿德铭记火香传。

（二）

（2013 年 4 月 2 日）

清明黄历已翻新，摊摊冥币路人围。
花工运柏春眠起，刻匠凿碑暮色沉。
遗像轻尘呈供品，音容萦梦断肠魂。
举家白首驰丘野，共祭新茔叩祖坟。

赛 犬

（2012 年 5 月 5 日）

家饲爱犬庭悠闲，赛炫勇者奋当先。
劳作间憩无尽乐，民俗古艺渭川延。

祭母亲

（2012 年 5 月）

立夏绿方好，逢节初雨霁。
倍思慈母容，铭心刻骨忆。
彻夜纺棉线，尽织粗布匹。
泪眼针线穿，缝子土布褛。
粗粮少白添，围锅三餐给。
巧手忙张罗，糖果藏箱底。
榆林迁北营，厦房三间挤。
居多外出疏，事急多步履。
黄馍薄片带，送儿去学堂。
唯独倍疼爱，只怕受饥凉。
课外习书画，勤学名师帮。
谆谆常教诲，做人实坦庄。
严父多公务，养家糊口忙。
贫户劳力少，女为男劳当。
鸡蛋攒集售，桃下贩果粮。
困因稠小嘴，勤苦似家常。
子女渐长成，辛劳无声息。

女嫁儿婚配，孙儿心操齐。

为人谦和善，品德传梓居。

处世坚且韧，操劳始如一。

助人忙帮乐，老少尊爱你。

两鬓发渐白，庖下做饭急。

信步搓麻将，清福甜相依。

夕阳无限好，只是黄昏弥。

低首叙往事，历历呈眼帘。

掬水敬慈母，佳肴端桌沿。

闲时回故里，长辈眼欲穿。

晚辈多建树，勿须操心田。

时光若倒逝，再请返家园。

蜡炬成灰烬，光芒撒人间。

一路愿走好，瑶池祝平安。

子承先人志，攀登永向前。

孤门独户驻，大嘴稀客寻。

逢节忆父母，子孙坟前陪。

梦闻数户建，恰好相依邻。

春伴野菜撷，夏凉柿下荫。

秋赏坡万菊，隆冬炉旁偎。

偶去集市逛，生活衣裳存。

天地皆自在，潇洒渡回轮。

忽醒魂魄定，举目难觅人。

注：母亲贾雪琴，字梅英，小名梅，生于1931年3月18日（农历辛未年正月三十），卒于2010年8月7日（农历庚寅年六月二十七）14：33，享年80岁。2010年8月11日（农历庚寅年七月初二）下葬，葬于秦东镇寺角营村七组大嘴沟阳坡李氏祖坟。5月13日为母亲节，此文为纪念母亲而作。

祭父亲

（2012 年 6 月）

忽闻双节到，父恩沁心田。

榆林迁长安，辗转回古关。

初居老街苑，无处不正观。

愤然离旧舍，独盖厦三间。

闲庭密植果，嘴稠好解馋。

数年攒梁栋，众助上房盘。

半工复半农，生活皆辛酸。

咬牙渡苦海，独撑一片天。

女大儿更倩，抚养子争先。

望眼读书盼，九冬残窗寒。

初涂名师点，斗胆画门帘。

橡皮印模刻，窗花年画嫣。

高考钉穿脚，单车送考班。

扛箱陪深造，皮鞋备儿穿。

新添影嗜好，尽筹相机钱。

三夏学业毕，慈父腰渐弯。

建国前一岁，教书寺角苑。

辗榆十春秋，运输事业返。

南调回故乡，人委南厂干。

下乡问暖寒，驻队李家办。

初返农机司，退休花甲满。

永亮螺丝钉，拧地功著显。

一生皆为公，党性无私念。

踏实复敬业，品德众人赞。

耳顺荣退归，生计复压起。

儿初考财专，学费实不易。

先开五金店，供子学业毕。

再助逸香苑，操碎儿婚娶。

夕阳甜犹醇，老伴携手莅。

儿孙围膝转，寿辰逢日喜。

发白颊渐苍，步履蹒跚觅。

一生辛而廉，超凡趋古稀。

乙酉腊月忆，父病膏肓渐。

弥留寒风夜，神惊超常天。

面带慈目容，精气非病般。

与儿比手掌，轻摸五指尖。

先祝子工作，后问孙学班。

耳聪听八方，印象永超凡。

一心忠诚党，临终费缴全。

瑶池愿平安，厚德吾辈传。

　　注：家父李精敏，字允恭，生于 1930 年 2 月 26 日（农历庚午年正月二十八），卒于 2006 年 1 月 14 日（农历乙酉年腊月十五）8：00，享年 77 岁。2006 年 1 月 16 日（农历乙酉年腊月十七）下葬，葬于秦东镇寺角营村七组大嘴沟阳坡李氏祖坟。6 月 17 日是父亲节，6 月 23 日是端午节，此文为纪念父亲而作。

端午情

(2012 年 6 月 23 日)

五月端阳品粽香，荷包胸佩饮雄黄。
斜悬艾叶群桨起，劲赛龙舟华脉长。

夏 雨

(2012 年 7 月 13 日)

阴云密布飙风吼，骤雨唰唰劈顶砸。
瞬时雨驻看新绿，清爽习习惬天涯。

访华山婶婶家而作

(2012 年 7 月 15 日)

日落华山麓，林丛蝉自鸣。
魏城群鸟憩，道蔽少君行。
信步戚清院，宗亲血脉情。
朝元洞前立，仙道论神灵。

大学同学榆林聚会（二首）

（2012 年 7 月 20 日）

同窗情

砰砰北列声，塞上靓新城。
晓卧金龙里，故人笑语隆。
离别已两秩，相聚问青松。
共话同窗事，眶中珠泪盈。

相 聚

不惑友相集，朗声复叙疾。
才饮麟地酒，众畅醉仙怡。
漠北情犹厚，群朋东坐栖。
且待来年至，巴蜀会有期。

贺潼关招远友好结盟

（2012 年 9 月 5 日）

秦岭蓬莱远千里，同源共业联一起。
携手比翼齐腾飞，桥头堡上与谁抵。

教师节颂

（2012 年 9 月 10 日）

白露觅胜景，秋丰感恩期。
汗洒台三尺，烬炬蜡犹泣。
桃李默无语，影下独成蹊。
蜂碌园丁觅，崇恩尊教仪。

中秋漫记

（2012 年 10 月 3 日）

月圆缺明暗，世兴衰隐现。
富倾巢野游，庶蜗居宅院。
望燕鲍翅参，吃粗茶淡饭。
看绸缎绫罗，衣粗布褛褴。
仰大厦高楼，居棚户泡板。
眺霸道奔驰，行公交履散。
城长假休闲，乡阡陌流汗。
感巨变沧桑，知人间冷暖。

江涛新婚贺喜

(2012 年 10 月 20 日)

潼遥两地北南间，秦晋涛晶连理牵。
千里亲朋同庆贺，鸳鸯随影好姻缘。

注：潼遥指潼关、平遥。

九月初九思双亲

(2012 年 10 月 23 日)

九九重阳情自伤，茱萸插尽倍思乡。
空庐独守心愁闷，常念音容泪两行。

童年趣事（七首）

(2012 年 11 月 3 日)

龙儿堰

盘旋古道倚青山，高堰蜿蜒双城牵。
风吹黄叶萦童趣，渠衔龙脉欲飞天。

寒秋农田趣闻

秋冬掘锨红薯刨，偶遇一窝笑弯腰。
红晕双颊不在意，伴拽花柴满地跑。

柿树行

呼朋酷夏群乘凉，茂蔽村西柿树行。
上树摇枝小舟驾，攀寻彩叶满儿郎。
拾柴提笼割猪草，蝈叫拨蒿逮蛐忙。
啖柿摘食甜蜜口，西藏东躲乐天堂。

西沟乐园

北营西沟望峰台，腚溜陡坡马马排。
棍别土崖捉昼蝎，蒿辨草药满壑开。
漫爬树梢衔尖柿，刺砍整捆补炭柴。
谷底芦荡清溪静，挽裤沉笼鱼虾筛。
绿渠觅蟹水芹拽，光身凫水乐开怀。

麦 场

村东数顷打麦场，房后甜柿居中央。
夏收时节急晒碾，蘑菇麦集堆满场。
饭罢围集小鸡捉，鞭抽陀螺铁环嘟。
唐山余震草庵憩，慈母故事叙端详。
逢年单车掏梁练，偶演电影欣喜狂。
学罢顺风扬麦糠，梦回乐苑醉故乡。

帮农轶事

土地承包农家忙，割蒿沤粪拉田旁。
番麦锄草收音伴，巧钻其中挥汗忙。
初分坡地开荒垲，掘土不慎脚误伤。
沟底麦捆坡上扛，粮食收少泪成行。

晨晓夏收置麦垛，装运摊晾碾晒场。
随车坡下公粮送，蓝裹肉馍颌水长。

随母三地赶集

俯瞰黄河一线穿，故乡赶集河东沿。
满载五仙提笼去，售空购物逛一番。
太要古集沿铁路，一笼鸡蛋道口完。
远行忽遇鸡蛋破，仰首囫囵福不鲜。
翻沟越岭吴村集，洗澡理发二姐联。
遥想少小三市乐，农家孩童见新天。

贺王兄乔迁

(2012 年 12 月 12 日)

金城添秀景，越谷莅西园。
亭榭竹兰静，松鸣灵鹊翩。
楼林冬日映，阔雅府中欢。
笑语环厅滞，炮仗贺乔迁。

关中面食

(2012 年 12 月 19 日)

秦关渭苑面魔妍，菜酱油泼色味全。
数日无食心慌闷，饱餐一顿似神仙。

寒冬海棠

(2013 年 1 月 4 日)

霄汉凌风掠苑中，孤居瑟瑟影寒冬。

蕾珠不语独一隅，只待阳春映彩空。

豆腐坊人家

(2013 年 1 月 8 日)

雪山莽莽麓北野，东柳段村绕城根。

青砖红瓦居鳞次，曲径通幽独梁门。

老翁扛袋倒黄豆，三清废料咸剔盆。

旋捞胖豆少时空，悠注石磨玉液渗。

老妪悬包荡浆满，烧锅翻滚炭劲焚。

豆浆入瓮石膏点，铁瓢拌匀半刻焖。

微黄玉脑品钵碗，醇香可口馋醉人。

小女菜炒摆豆宴，农家好客朋自奔。

尝罢菜脑豆床舀，粗布严裹石压沉。

许座豆腐三轮上，寒晓出门归贪黑。

卖净菜仙心暗喜，再购鲜豆来朝陈。

寒去暑来年复岁，老翁瘦骨渐弯身。

老妪闺姑协配默，勤辛劳作小康奔。

一业率范数家效，并肩踏进幸福门。

腊八粥（二首）

（一）

（2013 年 1 月 19 日）

寒天腊月雾生霾，数谷杂粮热粥开。
滋品聚家食百味，饱尝美味待春来。

（二）

（2014 年 1 月 8 日）

寒冬腊月岁将休，村间同熬大碗粥。
新谷陈粮煎五味，热锅沸浪搅稀稠。
溢香钵碗盛醇厚，食罢苍黄论春秋。
难忘恩德传后世，春来万马瑞祥收。

卖花翁

（2013 年 1 月 27 日）

桃林新苑卖花翁，两鬓苍苍皱痕增。
晓春松土除杂草，汗淌盆中抱出棚。
倒盆浇水防虫病，沤粪薄施勤务耕。
沙插播种繁接嫁，精巧呵护幼苗生。
孟夏烈日毒绿野，遮阳网荫花芄芄。
五彩艳卉满园绽，喜引蜂蝶鹂鹊声。

千菊黄遍凉秋日，水足肥饱送梯层。

寒风萧萧隆冬至，雪花飘飘棚里烘。

晨揭暮盖绵帘厚，棚内盎然绿意萌。

沿街吆喝四方售，花满三轮尽力蹬。

扛盆楼摆陈次换，多租数家商机恒。

逸香苑前茅屋矮，强勉糊口银少俸。

寒往暑来十五载，手糙茧厚累园丁。

大绿东门宏图展，抢占契机祉福升。

甘洒热血播万绿，涂脂抹粉秀金城。

致智文君

（2013 年 3 月 21 日）

挚友智文兄，德才可称雄。

千行通贸易，百业解商情。

别久因思重，聚欢缘趣同。

为人更笃厚，岂止我心崇。

月夜与旭华登岳渎阁

（2013 年 3 月 27 日）

皓月照长空，欣迎淡淡风。

南山星灿烂，北岸树朦胧。

画舫临金水，秦关对故陵。

相携人未去，挚友寄深情。

母亲仙逝三年祭

（2013 年 4 月 4 日）

癸巳清明五味心，雨凄风冷浥浮尘。
苍衣素裓缠银冠，漫莅梓桑大嘴眉。
翠柏迎春绕茔土，青碑撰铭筜先坟。
化钱叩首三年祭，慈母德风范后人。

郁金香

（2013 年 4 月 5 日）

窈窕仙子归，玉芳香冠群。
树荫滴娇艳，斑斓醉美人。
广寒生艳彩，塞外胜昭君。
菡萏惭无比，千姿暗逝魂。

月夜闲步

（2013 年 4 月 24 日）

圆月笼高楼，虹灯照列侯。
无聊闲踱步，夜色炫双眸。

春 燕

(2013 年 4 月 26 日)

午时丰案倚，夏院品悠闲。
喳喳当空舞，哈哈我舍欢。

暇晨空静寓，入梦昏昏萦。
窗外眸双燕，欢歌催我醒。

双箭逾清晨，天高鸟自飞。
香巢檐下筑，暮色远翔归。

五一剪园

(2013 年 5 月 1 日)

旭日东升洒桂园，蜗居碎步体心闲。
萋萋绿叶铮铮亮，郁郁芳花熠熠嫣。
速剪来香修乱杈，误伤手指当花杆。
血渍衣裤浑无觉，造作矫揉不算冤。

山林隐者偶遇

（2013 年 6 月 5 日）

山高青翠绵，松下问石泉。
漫陟凉亭止，闲观云索端。
举杯歌同志，对酒醉愈欢。
我欲临风去，脱俗上九天。

高考随想曲

（2013 年 6 月 9 日）

寒窗十二载，高考定终生。
静舍低头影，凝神画卷声。
读书历辛苦，迈步走前程。
壮志存高远，青春烂漫中。

陪 读

（2013 年 6 月 16 日）

闲时客榻水天城，酒绿灯红任意行。
莫道人间苦难度，可怜望子冀成龙。

捅马蜂窝

(2013 年 7 月 22 日)

门外一窝蜂，数枝挂角棱。
仰头长棍捅，巢落遁人形。

咏南瓜

(2013 年 7 月 21 日)

第外倚墙蔓，临庭椿下植。
蔽云黄卉炫，雨润叶缠枝。

皓月洒银花，虬藤绽异葩。
瓜棚醉秦韵，烟袅品清茶。

听 涛

(2013 年 7 月 23 日)

夏夜寂山清，涌涛幽涧鸣。
亭台三友驻，客少道空灵。

移 花

（2013 年 8 月 3 日）

周末欣挑两树花，蓬莱竹翠对奇葩。
紫砂肥土精心换，不畏艰辛乐自家。

丝瓜（二首）

（一）

（2013 年 8 月 18 日）

倚墙数伞挂青天，袅袅黄星嵌宇端。
绿尾绒绒藏腋下，霜来空腹作庖毡。

（二）

（2013 年 10 月 19 日）

花苑北墙藤几尺，残枝疏蕾露霜至。
数根老瓜挂秋风，欲作厨布除污渍。

送别（二首）

（2013 年 9 月 7 日）

秋别挚友旅新疆，挥手熙园半月长。
飞越千山嘉峪外，更淘西域好风光。

朝辞亲友映新天，异域风情尽眼帘。
虽未偕同观美景，归来倩影我先观。

中秋夜思

（2013 年 9 月 19 日）

闲空月下宅，晚会寂消来。
顽子厅中嬉，天伦乐醉怀。

贺红兵兄

（2013 年 10 月 8 日）

北苑适无暇，馨安华府家。
道幽窗几净，兄面颜如花。

贺贤甥刘洁柳栋新婚

（2013 年 10 月 15 日）

秦岭梁山越百川，潼韩两地喜结缘。
鸳鸯月下栖连理，比翼高翔上皓天。

读晓波先生《清心集》

(2013 年 11 月 6 日)

掌灯夜未眠，津阅晓波言。

远窥桑梓水，梦萦童少田。

多悟周身事，独品碧生缘。

闭目心灵静，清新醉皓天。

双休闲居

(2013 年 11 月 9 日)

雨夜霏霏椿识秋，无君旷巷叶犹稠。

西窥藤壁棚花暖，孤舍品茗心自幽。

悼二姨

(2013 年 11 月 10 日)

噩耗惊传天地昏，潸潸泪眼满衣襟。

双胞姊妹相继去，吾才悼母又失亲。

注：二姨母贾秀英，与母亲孪生，生于 1931 年 3 月 18 日（农历辛未年正月三十日），卒于 2013 年 11 月 8 日（农历癸巳年十月初六），享年 83 岁。

孤品人生

（2013 年 11 月 21 日）

昆泉抱古关，万嶂锁南塬。
惑半奔天命，耿忠品善缘。
官升科级止，人憩县城安。
花甲江湖隐，伺菊享自然。

孤灯夜思

（2013 年 11 月 29 日）

星稀夜幕稠，荒寺岭南忧。
柿翁哑无语，风寒飙不休。
屋寒有灯亮，窗外少车流。
浊酒香烟就，醉心愁上愁。

夜 步

（2013 年 12 月 7 日）

月牙高挂沐东林，骨杈斑驳静道荫。
瘦影二三琼夜踱，偶传私语少黎民。

看《咱们结婚吧》

（2013 年 12 月 10 日）

寒宵高炉绵，蜗居茗品闲。
怀春万人仰，醉爱考千般。
在天比翼鸟，在地理枝连。
天仙董郎配，山伯英台翩。
果桃婚堂萃，葵未聚神轩。
亲朋同为证，白首向高天。

腊月扫屋

（2014 年 1 月 5 日）

巳蛇腊月顷宅家，漫舞竹帚空第涯。
扫尽人间尘与垢，明窗净几映朝霞。

除 夕

（2014 年 1 月 30 日）

寒雪绽金梅，骏马追风尘。
阔道人徒少，小肆锁守门。
爆竹辞旧岁，丹联迎新春。
短信送福串，彩灯悬第楣。
乾坤轮乍滞，眸穿游子归。
团聚年夜饭，琼浆对觞醺。

别牡丹

(2014 年 4 月 18 日)

春分轻逝满花苞，谷雨初晴萼渐消。
富贵雍容零落地，国香复绽待来朝。

行走江湖

(2014 年 4 月 26 日)

天生愚某降人寰，十载萤窗剑利坚。
四季暖凉天有道，杂陈五味口咀全。
清勤务政黄牛垦，异彩闲息处世欢。
苦走江湖惟自律，利名若水共参天。

假日偶感

(2014 年 5 月 2 日)

五一郊外好时光，翠苑莳花人自忙。
异地学生谋大考，孤守空邸守炎凉。

贺育牢兄获市五一劳动奖章

（2014 年 5 月 7 日）

雄关少小遥，仰首看今朝。

竭力为国卫，丹心倾怪招。

金牌颁渭汭，功状奖育牢。

学友齐欣慰，古城当自豪。

双休自语

（2014 年 5 月 9 日）

诸君敬老返梓桑，吾辈思亲凝像茫。

漫漫人生荆棘硕，履冰低调稳当强。

业余园丁

（2014 年 6 月 22 日）

窗外频传飞燕声，惊醒拓者梦魂萦。

拖屐短袖沉香苑，独伺花涛心赤诚。

寄傲然高考

（2014 年 7 月 8 日）

萤窗十载挤独桥，难耐暑天心绪焦。
赴省学成初检验，双亲故里正煎熬。
春来呵护肥水尽，秋后欢撷硕果遥。
即逝青春何宝贵，人生圆梦看来朝。

又逢七夕

（2014 年 8 月 2 日）

夕泊兴庆柳风柔，月影朦胧潋滟流。
银汉有情仙鹊会，独临亭榭望东愁。

甲午秋日送子赴沈阳求学

（2014 年 8 月 27 日）

秋暮西辞沣镐城，南宫初上惦盛京。
寒窗一秩雪霜尽，四载象牙虎翼升。
秦岭黄河挥别泪，白山黑水乐欣迎。
磨针铁杵勤犹苦，圆梦中华赤子情。

甲午秋恭贺峰斌兄六十寿诞

（2014 年 9 月 6 日）

甲午南宫六秩秋，犹思耳顺过翎洲。

农门虽跳不失本，啻为渔樵鬓雪愁。

老骥伏枥刀峰健，夕阳尽洒蔚斌留。

高风懿德延松鹤，共庆仙辰度岁悠。

逢绵绵秋雨闲得

（2014 年 9 月 13 日）

菊月苍黄霪雨霾，川原叠翠汛频来。

金珠蔽日苞浆滞，赤料久淋人少徘。

无序三河天地暗，江山曾罹万千灾。

冰疏禹治人心聚，散尽乌云炫日开。

甲午菊月归故里（二首）

（2014 年 9 月 28 日）

少小离家天命眸，萋萋寸草度春秋。

童心故垒离离目，乡音听罢念乡愁。

千秋皂荚万年槐，悄逝池墙老破宅。

少趣童音今犹见，梦萦故里乐悠哉。

五台遐想

（2014 年 11 月 7 日）

几度风霜几度秋，举樽狂饮解心愁。
披荆斩棘开芜野，伟业宏图创富洲。
魑魅魍魉任飞舞，鸿鹄展翅竞自由。
心灰意冷空帘泪，试问苍天何日休。

赠杨少锋同志

（2015 年 1 月 29 日）

冈峦封雪路，暮尽辋滑行。
喜遇三朋至，相偕夜返城。

迎春花

（2015 年 1 月 31 日）

千湖冰万里，百仞瀑迎春。
不抢烟花靓，金星报晓馨。

无 题

(2015 年 3 月 11 日)

乱雪凝梅傲万寒，萧萧瑞水望新年。
烟花迷眼青葱逝，不与青春赌燕天。

西京住院偶思

(2015 年 3 月 23 日)

春花二月柳烟纷，重染积疾天使闺。
魂铸铁石鸿雁志，菑畬汗泪帚埃飞。
妍元赤蕾天乍去，瘁尽天涯健为根。
胯下卧薪山海旧，诸葛五丈罔凄悲。

三月小恙

(2015 年 3 月 31 日)

千山万野闹花春，沐雨风煦蜂蝶追。
浪击群帆弄潮日，百疾缠体草庐归。
寂寥夜半筋挛起，辗转难眠破血唇。
昔时虎健诸君赞，今朝卧恙寡客闻。
灰烬泪干人憔悴，仰天长啸瘦为谁？
壮志未酬身不死，长怀赤子报国心。

大嘴坡清明先祭

（2015 年 4 月 5 日）

又是一年祭扫时，千岗万壑履将迟。
飞灰泪尽凝坟语，佑走天涯冥默知。

贺董富荣诗友征联获奖

（2015 年 4 月 8 日）

花甲鬓霜品志刚，谋章酌句笔端扬。
五车学富吟诗赋，满载殊荣谊更长。

携孩童气象站嬉戏

（2015 年 4 月 11 日）

芳月熏风杨絮纷，鹅绒雪伞落红尘。
倚窗靓妹双眸眜，墙外稚童奋臂追。
三五藏猫篱下躲，成群猴荡健材循。
摘花踩蚁无穷乐，尽享天伦几度春。

长风群里赏花

（2015 年 4 月 15 日）

长风户外帜高扬，同志云集向洛阳。
才掠华山油菜籽，又读洛水郁金香。
丹旌万朵真国色，紫锦千桠尽艳妆。
更待归田封甲日，狂驰醉卧苑中央。

赠郭瑞苗君

（2015 年 4 月 22 日）

风霜如梦卅华秋，频忆芳菲许缕愁。
渭汭鞠躬强瘦骨，金城勤政定良谋。
桂英挂帅豪情驻，清照伏几婉韵留。
解甲东篱伺竹卉，桃源幽处泛轻舟。

和友人咏兰诗

（2015 年 5 月 1 日）

芳菲谢罢欲风催，淡抹素妆陌上偎。
雪雨风霜天际度，苍桑无处不阳春。

附：

题李宏弟兄兰花照片

李晓波

疾风暴雨任摇催，含泪玉容伴娇蕊。

人世谁无坎坷处，阳光再现依然春。

读《智取华山》

（2015 年 5 月 6 日）

巨著恢弘千万言，金戈铁马忆当年。

莲峰自古一肠履，勇士烟夕百灌援。

猛虎上山王天下，野狼卧地寇荒阡。

含辛九载激情置，永铭抛头洒血天。

母亲节偶思

（2015 年 5 月 10 日）

三催微信母伊违，梦绕依稀好饭炊。

茹苦含辛挈毓大，谁人不念报春晖。

贺奋军兄令嫒出嫁

（2015 年 5 月 16 日）

明德槐序起颜酡，惜送环儿出粉阁。

荫柳鸳鸯池潋滟，超蝶比翼海天搏。

醉听《一壶老酒》

(2015 年 5 月 20 日)

聆听关陆唱一休，老酒一壶不再留。
滚滚红尘何所去？荒茔泪尽两相愁。

如梦令·晨燕

(2015 年 6 月 7 日)

霁夏寒宅清晓，牖外燕家贪早。镜扇照芳容，萦树漫藏飞闹。
欢笑，欢笑，惊醒老夫晨觉。

如梦令·寄作家林统

(2015 年 6 月 30 日)

风雨苍茫金陵，挥笔痴心依旧。把汗苦耕耘，数部小说出牖。
高手，高手，已是文坛才秀。

清平乐·读《风起关河》

(2015 年 7 月 2 日)

关河风雨，拂起蒹葭碧。鸿雁传书千万里，难忘乡愁浓谊。
朝阳漫上东山，涎读汉韵秦关。渭汭旅游骤兴，鲲鹏展翅凌天。

如梦令·见尉校兄

（2015 年 7 月 6 日）

常念故人情谊，数月未曾联系。今暮赴长安，柳外西楼相聚。
欢叙，欢叙，乐醉金城兄弟。

浪淘沙·把酒当歌

（2015 年 8 月 16 日）

暮夜醉颜酡，对酒当歌，烟茗袅袅忆蹉跎。斜步倚窗窥网信，
指辨清浊。　　往事逝如昨，天命将泊，风掀大浪踱残魄。历尽千
山复万水，知与谁说？

忆秦娥·七夕

（2015 年 8 月 19 日）

七夕久，牛郎织女虹桥逅。虹桥逅，年年聚首，泪湿襟袖。
高山流水一斛酒，世间挚爱何时有？何时有，白衣苍狗，善积德就。

浪淘沙·贺潼关华阴作家联谊

（2015 年 8 月 25 日）

山水秀东秦，潼华联姻。文学情系两家亲。阔论高谈惟爱好，
把酒欢欣。　　佳作报刊频，强手如林。高山流水舞弦琴。百舸扬
帆奔大海，德艺双馨。

谒金门·十八岁那年的回忆

（2015 年 8 月 28 日）

秋夜半，万里屏聊无限。荏苒青葱今又见，欢群星灿烂。
滚滚红尘叠现，廿载悠悠浮远。梦里依稀犹暮旦，有同窗挂念。

卜算子·教师节感

（2015 年 9 月 14 日）

秋雨润桃林，重教仁人志。三尺桌台献未来，蜡炬成灰逝。
莫道苦耕耘，德体尤应试。若使芳花变栋梁，一切从头始。

卜算子·流水

（2015 年 9 月 16 日）

昨夜雨霏霏，今晓新空照。浪迹天涯旭日升，共祝东山好。
何处觅知音，流水知多少。惯看红尘仰啸天，横扫蚊蝇鸟。

附： 卜算子·和宏弟兄《流水》

刘俊利

昏谒隐梧桐，夜雨离凤凰。濒涧流鸣独寂声，径尽空山冷。
扼叹逝前人，还道歧途窘。佳木高枝纵使孤，潜露秋生影。

注：作者系华县工业园区管委会主任。

137

忆王孙·中秋金城诗词沙龙

（2015 年 9 月 25 日）

当空皓月醉中秋，同志兰亭骚满楼。盛世高亢万卷谋。记心头。妙点迷津舸上游。

点绛唇·华阴中秋诗会感怀

（2015 年 9 月 26 日）

丹桂飘香，玉莲万里邀明月。良宵无夜，梦寄嫦娥惬。　　歌咏风骚，醉是居山乐。金秋岳，梧桐疏曳，与共婵娟阙。

附：点绛唇·依韵和李宏弟先生《华阴中秋诗会感怀》
李晓波

西岳莲峰，华山客栈吟明月。太白情切，子美留心血。　　慷慨激昂，佳句谁人写？莫言谢，盛情不借，几度声难却。

渔家傲·乙未国庆偶思

（2015 年 10 月 6 日）

国庆休闲何处去，大江南北逍遥旅。饱览山河眸古迹。千万里，花团锦簇神州丽。　　雨打桐来寒舍闭，多年败壁残芜宇。暇日悠读思好句。秋月煦，天涯浪迹谁人喜？

破阵子·晚秋菊野遍地香

(2015 年 10 月 25 日)

秋暮葱茏欲断，风萧漫卷烟霜。崖外衰蒿凋寂瑟，万壑枯菊遍褐黄。野关十里香。　　多少芷兰往事，残云雁咽凄凉。莫道芜涂湿褂袖，却是余晖愁肚肠。倚窗孤自芳。

忆王孙·秋殇

(2015 年 10 月 31 日)

荷残菊败暮秋曛，雁去芦萧欲断魂。雨打风吹叶落尘。逝乾坤。扣锁凝眸泪满襟。

鹧鸪天·往事如烟

(2015 年 11 月 5 日)

秋月春光多少年，凭栏望断雁飞南。倚窗昨暮复萧瑟，往事回眸泪欲帘。　　朝乍梦，夜未眠。啸天把酒碎心田。神游青史谁人在？那路枭雄驻世间。

乌夜啼·秋梦

(2015 年 11 月 6 日)

寒晨孤踱清秋，瑟风飕。雨后萧森残叶卧街头。　　仰天叹，俯首怨，已无求。只为萋萋芳草，梦云州。

诉衷情·别秋

(2015 年 11 月 12 日)

疏枝残叶卷寒风，萧瑟欲凌冬。三河闹尽秋色，冲耳噪音隆。流水去，仰长空，逝枭雄。解鞍敧枕，杜宇暗别，不屑邀功。

虞美人·葬秋

(2015 年 11 月 14 日)

芳菲散尽寒冬籁，大雁咽南浦。淅淅雨打叶凋零，望断三河瑟瑟葬秋冥。　　不堪回首蜈蚣泪，子夜君难寐。几人欢笑几人忧，故地飙风过后万花眸。

乌夜啼·秋逝

(2015 年 11 月 15 日)

梧桐一抹寒秋，雨才收。满地尽铺黄叶，卷西楼。　　人已隐，多少恨，痛心头。几许诗文相伴，竞风流。

苏幕遮·致小欣欣

(2015 年 12 月 4 日)

旭东升，鸡报晓。沐浴朝晖，挽手趋学校。蓓蕾习文增礼教。朗朗儿歌，向日葵花翘。　　溜滑梯，玩赛跑。尽兴撒娇，夜半沙发闹。动画屏前皆老少。快乐童年，桂苑无烦恼。

浣溪沙 · 长安访友

(2015 年 12 月 11 日)

雾锁长安暮瑟风，适逢故友畅心胸。谈天说地欲天明。
流水高山无尽乐，桃园结义任驰骋。天涯无处不吾兄。

长相思 · 同窗长安聚会

(2015 年 12 月 12 日)

灞水流，浐水流，携手关中金陵休。长河结伴游。　　四秩
秋，五秩秋，故友何时再聚头。人生几度愁。

蝶恋花 · 相聚西北饭店

(2015 年 12 月 13 日)

云绕终南幽几许？疏雨长廊，枝翘金梅语。媚柳依依竹翠碧，
高楼香苑何时觅。　　十载阔别千万里。乐在今宵，把酒同欢聚。
微信传情多少叙，天涯咫尺无穷趣。

临江仙 · 题桃园堂主陈志德先生

(2015 年 12 月 28 日)

北瞰长河南倚岭，耕读凤翼隆中。桃园深处墨生情。呱呱鹅
仰首，吠犬尾摇风。　　寒岁香庐三友聚，群贤赞誉声声。耄耋不
惧志云凌。苍龙游纸背，德品贯长虹。

浣溪沙·和梁建邦教授《闲居》

（2016 年 1 月 4 日）

滚滚红尘几转空，残花晓月逝秋萍。烂柯莫忘醉兰亭。
把酒一杯邀絮柳，修禅论道品香茗。且将翰墨作乾星。

附：　　　　　　　　闲居
梁建邦
人生苦短叹秋萍，只把余晖沐翠亭。
坐等春风闲赋柳，朝观霞彩夜寻星。

注：作者系陕西省诗词学会常务理事、渭南市诗词学会副会长、渭南师范
学院中文系原主任、教授。

破阵子·西北饭店 30 周年贺

（2016 年 1 月 5 日）

万里金秋送爽，长安丹桂飘香。风雨兼程磨砥砺，破浪击涛
奏乐章。　　三秋春秋奋斗，同舟铸就辉煌。妙绘蓝图谋大业，高
举旌旄向远方。鸿鹄振翅翔。

破阵子·次韵和梁教授《酬诸吟长（闲居）和作三首》

（2016 年 1 月 6 日）

一首闲居出牖，群贤唱和梁公。菊醉夕阳香芷蕙，舟泛涟漪
荡翠萍。临风在晚亭。　　渭上春光无限，红梅傲浴东风。踏遍青
山涂柳色，赏尽烟花赋仄平。东秦满苑星。

附：　　　　　**酬诸吟长《闲居》和作三首**

梁建邦

赋闲自叹似秋萍，且抑豪情向酒亭。
忙里抛砖金玉汇，诗花争耀满天星。

观霞闲赋舞风萍，竟惹高朋唱晚亭。
共赏春山河柳色，踏青归路沐群星。

春花秋月映池萍，一叶扁舟到榭亭。
最喜流霞迎旭日，晓风伴我送河星。

临江仙·生日

（2016 年 1 月 11 日）

大浪滔滔河逝海，金梭岁岁空流。沽名钓誉几相愁。风尘难自已，惟作拓荒牛。　　荏苒时光逢本命，更惜趋暮春秋。云拂广袖道仙求。诗词书画影，静悟陟高丘。

减字木兰花·水仙

（2016 年 1 月 15 日）

一袭碧袖，金蕊银花嫣豆蔻。缕缕馨香，逸遍青庐靓绿妆。凌波仙子，妙玉观音无与比。玉立婷婷，素厣临风脉脉情。

如梦令·听雪

(2016 年 1 月 22 日)

昨暮天沉风骤，夜寂雪飞盈袖。万树玉花开，西店银妆如昼。轻走，轻走，听尽妖娆一宿。

注：西店指西北饭店。

一剪梅

(2016 年 1 月 23 日)

千里关河玉卉飞。裹褂迎风，踏雪寻梅。流连西岸忘家回。鹊舞琼柯，香沁颜眉。　　窦绿殷红不屑窥。独傲苍穹，罔嗤尘灰。银装素蕊更妩媚。无意争春，只待春归。

菩萨蛮·雪趣

(2016 年 2 月 2 日)

雪蜚寒晓天涯媚，秋千荡去孩狂醉。雪仗嬉欢天，雪人堆笑颜。　　恍惚天命徒，霜鬓失童趣。潇洒度红尘，稚心千里寻。

鹧鸪天·蒸花馍

(2016 年 2 月 5 日)

岁暮迎春喜气扬，千家万户备年忙。挑灯巧饰丰收馍，玉凤仙桃枣绽央。　　才点火，又弥香。云腾笑靥雾萦窗。人间蒸尽花团锦，大步流星向小康。

胜地撷迹

工楼晚照

庚寅夏日 东坤

咏永乐宫

(2011 年 6 月 21 日)

濛濛细雨晋南风，故友三邀赴道宫。
书画萦梁绝华夏，无极殿上颂德经。

厦 门

(2011 年 11 月 28 日)

云飘南闽鹭翔空，海上花园蓝绿丛。
鼓浪击涛仙圣境，眼穿海岸脉一同。

华阴三景

御温泉

(2011 年 12 月 17 日)

远客相逢御温泉，珍馐琼酿雾中仙。
寒冬沐浴逍遥梦，禅道品茗越汉关。

万亩荷塘

（2012 年 7 月 28 日）

左仰太华巅，右瞰阔秦川。
河阴聚沃野，湿地辟荷田。
红蜓堰塘掠，绿波秀青天。
水面浮萍秀，池中鸣蛙欢。
玉盘散碧海，余晖映雪莲。
夏日原野趣，悠然思西关。

玉泉院

（2013 年 10 月 22 日）

四洞莲峰闪玉泉，希夷道祖卧云天。
浓妆廊静萦山麓，高殿熙熙烟宇参。

西安名胜（六首）

大雁塔景区

（2011 年 12 月 10 日）

慈恩古刹翠柏萦，玄奘译书雁塔中。
六景复修盛唐梦，长安新世誉苍穹。

注：六景是指唐慈恩寺、唐慈恩寺遗址公园、大唐通易坊、大唐不夜城、大唐芙蓉园和陕西民俗大观园。

大唐不夜城

(2012 年 2 月 4 日)

饭罢三徒莅，彩虹胜境盈。
银花萦火树，夜市日趋隆。
思语擦肩笑，无言对视中。
迎来春日早，正月意浓浓。

荐福寺

(2013 年 3 月 9 日)

阳春古刹竞花妍，黛竹柏槐翠满禅。
钟晓恢弘坊里响，隽拔雁塔耸霄寰。
则天追冥修福刹，义净海归译律言。
万世沧桑今尚在，新风重抖树长安。

罔极寺

(2013 年 5 月 26 日)

长安闹市静庵居，昔日太平福祷区。
殿穆枫香尼正诵，报德罔极在朝夕。

雁塔双影

(2013 年 6 月 22 日)

昔时雁去塔相迎，禅刹终南钟晓鸣。
千载京畿今去远，茫茫楼海耀双峰。

万寿八仙宫

（2013 年 7 月 20 日）

空门隐圣灵，院寂好翻经。
幽聚群仙处，苦修道法行。

运城春望

（2012 年 3 月 31 日）

桃苞欲绽柳绒纷，蕊缀金丝黄绿深。
雨润花涛南晋绣，首阳日暖运城春。

看牡丹

（2012 年 4 月 14 日）

郁金蝶恋艳无比，粉黛樱花香万弥。
国色争妍冠天下，长安空巷可称奇。

少华山

（2012 年 4 月 17 日）

烂漫山花绿上穹，清泉汩汩雨濛濛。
潜龙禅寺钟声响，少华云仙胜岳峰。

身披懒日陟青山，漫岭朱枫金绿衔。
石卧清溪歌跳闹，黄林瘦岭雪光残。
深潭瀑挂眸光潋，碎影斑斓绘镜帘。
冰履拾阶幽壑谷，奇峰峻色九重天。

沇河公园

（2012 年 6 月 5 日）

登丘远眺彩光流，树影婆娑水岸柔。
皓月如图茵更绿，仙篷醉入两桥头。

卢氏夏景

（2012 年 6 月 22 日）

水落银丝绣绿潭，流泉鸣乐荡云间。
谷幽岭翠蓬莱慕，靓景伏牛醉欲仙。

灵宝四景

登娘娘山

（2012 年 6 月 30 日）

天梯悠陟入仙庭，蝶恋翠葩雀自鸣。
凤苑凉偎轻椅漾，瑶池挂瀑伴君行。

荆山黄帝铸鼎原

（2012 年 12 月 29 日）

中豫西辞一袋收，荆山雪案裹河流。
南傍千仞阳平苑，征战中原铸鼎休。
远古遗存阡陌硕，轩辕史迹载春秋。
索求上下五千岁，华夏文明龙脉留。

豫灵金镇

（2013 年 5 月 23 日）

翠微迤逦武山雄，塬下蓁蓁河逝潼。
函谷津关西岳扼，秦东豫戍卧金龙。
径幽榭秀阆园乱，车水商林百业隆。
古塞桃林风韵在，灵杰金镇锦囊中。

函谷关

（2014 年 6 月 25 日）

雄关百二锁河山，水浇弘农衡铁原。
险谷千年烽火尽，珠联潼岳扼长安。

夏游鄂尔多斯

（2012 年 7 月 21 日）

初伏晨雨霁，塞外绿犹新。
忽越康巴什，雄雕奇厦林。
乌兰木伦淌，凭吊汗陵神。
逐鹿驰天下，天骄盖世君。

漫步红碱淖

（2012 年 7 月 21 日）

北国麟苑柳沙丛，鸥鸟群翱潋滟空。
水岸轻舟悠自去，银波点点跃鱼中。
帐篷营宿千湖秀，千越摩托霄汉隆。
漫步绵滩风送爽，悠悠塞外篝火熊。

佳县白云山

（2012 年 7 月 25 日）

吕梁山峙大榆州，天堑黄河一线流。
西岸晨钟撞心耳，白云观里阅春秋。

西安明城墙遗址公园

（2012 年 10 月 6 日）

城池万载抱长安，九水朝都固万山。
故垛重檐今健在，雄朴气韵彩林煖。

秋游汉茂陵

（2012 年 10 月 24 日）

霜眺平川凸翠峰，雄才汉武任驰骋。
亭息白雁骠骑在，拓土治国振汉风。

叹杨贵妃墓

（2012 年 10 月 25 日）

千古爱情长恨存，幽坡马嵬断身魂。
莺歌燕舞萦骊水，可叹红颜薄命人。

华州掠影

（2012 年 11 月 23 日）

少华群峰跃，斜阳映瘦林。
潺潺听渭水，莽莽绿扉心。
枝翘丹实语，秋怜残叶音。
炊烟村塞近，小院添温馨。

湖北行

（2012 年 12 月 8 日）

入竹溪

竹溪夜榻客泊息，楚地馀篁白舍稀。
茂茂茶丘湖照影，秦巴叠嶂袅烟低。

过竹山

倚楼翠竹绿千坡，草影清溪曲径多。
青菜稻茌横甸野，歇檐玉舍惬生活。

武当山

香荫陟步太子坡，问道阴阳武当卓。
日照群峰七彩染，琼台紫岳道仙多。
金童玉女玄岳耸，九天金顶月星罗。
一柱擎天来转运，太和大岳耀南国。

咏腊梅（四首）

（一）

（2012 年 12 月 17 日）

河依凌立傲寒冬，万籁萧疏数丛迥。
豆豉金珠枝却语，独寒腊月绽香浓。

（二）

（2012 年 12 月 22 日）

寒风拂叶落，虬干聚群金。

彩毯银琼染，鸟鸣啄翰林。

苞梅初绽少，黄豆缀冬秦。

酒淡街坊醉，千寻远客临。

（三）

（2013 年 1 月 23 日）

斜旭暖凌冬，黄莺闹瀚空。

褐枝错屈瘦，沁肺醉香浓。

金朵繁星坠，蜂蝶影炮轻。

廉光林映路，风骨泽一同。

（四）

（2013 年 2 月 1 日）

旭日当空绿水迎，红灯缀卉雀飞鸣。

一团桔饶浓香袭，孤驻回眸众眼凝。

数片黄梅纤秀摆，几方游客有芳容。

寒天怒绽长安傲，只为新春舒我情。

登华山

(2012 年 12 月 11 日)

九里冰残涧谷幽，依槐柯舍二心留。

千峡百幢神斧削，太上轻犁翅线沟。

龙脉险浮莲岳尽，松涛映日瘦林飔。

云飘华岳居白帝，俯首莲台霄汉侯。

与王栋君西行华阴偶见

(2013 年 3 月 5 日)

煦日陈三辅，九州涂靓颜。

莲峰挂神斧，天水润高原。

烟柳袅金翠，天桃醉宝莲。

玉泉萦华麓，秀景驻神仙。

兴庆宫探春（三首）

（一）

(2013 年 3 月 2 日)

煦春蛹絮柳烟朦，舟泛凫趋抱晓风。

桥外熙熙闲客影，碧波潋滟荡笛声。

（二）

（2013 年 3 月 16 日）

泓畔斜晖柔翠柳，蛛梅宿雨霁祥云。
梦回朱阙黄鳞次，百姓操拳醉梦春。

（三）

（2013 年 4 月 6 日）

槐荫龙卧客闲行，骤灌桃源羌管鸣。
泓静柳烟浮舟叶，紫藤蔽阙鸳鸯情。
郁金淑女亭亭立，姹艳牡丹朵朵凝。
絮絮和风天漫舞，蜂蝶日照舞圣灵。

洛南道中

（2013 年 4 月 11 日）

越岭洛南行，一山两不同。
潼河花渐落，洛麓萼方隆。
翠峪天桃艳，鸣溪松影清。
驭牛种希望，静待好收成。

西安古门赋

(2013 年 4 月 8 日)

书院门

鹂春暮鼓晓钟铛，汉白遗风秀玉坊。
雉堞长安槐影倚，关中书院颂声扬。
沙龙字画目增趣，文墨舞台鼻沁香。
曲径熙熙犹闹市，厚敦艺苑梦秦唐。

长乐门

朝阳褂彩阙楼雄，晓望钟楼生意隆。
唐汉古都今愈盛，敞开东扇客潮生。

安定门

浙浙夜雨润西门，枫叶铺平丝路林。
安道千年遗韵在？扬帆壮志梦成真。

土 门

纵看郊西旧貌颜，土门靓市闪眸前。
商圈厦笙三千丈，丝路启航扬远帆。

商洛印象（二首）

（一）

（2013 年 4 月 15 日）

大美秦峰醉洛河，崇山迤逦数城郭。
丹江洛水源深谷，翠柏穿石黛褂坡。
造字仓颉文蕴厚，鸿基练武士才罗。
一汪浩瀚京津输，生态循环收益多。

（二）

（2014 年 7 月 21 日）

环隧驰秦岭，碧波潆古州。
霓虹山影缀，楼阙望江流。
闯将屯岗谷，平凹丹凤留。
鲲鹏翱斗月，商洛醉君眸。

渭 南

（2013 年 4 月 23 日）

山河毓秀渭川南，九曲一折逝海湾。
二华迤逦河约会，千秋四圣两杨贤。
关中沃野秦东富，华夏文明陕西源。
业旺商兴林碧秀，天赐瑞梦越西天。

注：二华指华山、少华山。四圣指史圣司马迁、字圣仓颉、诗圣白居易、酒圣杜康。两杨指杨震、杨虎城。

观陕西毛泽东敬览馆

（2013 年 5 月 4 日）

月登阁士万藏陈，一片丹心寄伟人。
梦绕蹉跎红岁月，缅怀先辈启后昆。

西 安

（2013 年 5 月 31 日）

巍峨终南嵌绿屏，潺潺八水长安萦。
周文秦帝江山治，汉武唐宗天下雄。
丝路驼铃震欧亚，佛经香火源西行。
十三朝都昔日逝，国际都市伊始兴。
商贸旅游繁星耀，人杰宜居扬美名。
更待开发良机握，千帆竞搏中华弘。

蓝田小憩

（2013 年 6 月 17 日）

半处台塬半倚山，翠微漫簇憩三仙。
莫言楚道无期畅，更念宝石醉玉田。

凤 州

(2013 年 6 月 2 日)

层峦深处碧桃源，大散关南秀景绵。

凤落仙山鸣翠谷，羌居故里越千年。

彩图倒影繁星月，篝火歌喉醉客缘。

特色上扬辟蹊径，开发经济冠秦甘。

洛南老君山

(2013 年 6 月 18 日)

空山偕翠谷，蝶舞异花凝。

漫陟幽林探，但闻布谷声。

汗襟白鹿畔，览尽万峦屏。

未拜太君洞，已成天上灵。

访西安博物院

(2013 年 7 月 6 日)

峻岭罘罳雉堞南，塔凌晓暮鼓萦銮。

拾阶仰止版疆浩，汉韵唐风骚万年。

九鼎俑兵三彩耀，珍珠瑠璃释禅槃。

尘封遗储咸无语，西域通行丝路延。

小 丘（二首）

（一）

（2013 年 9 月 7 日）

独立园丘上，红枫醉仲秋。
灰雀枝头跃，太极襟袖悠。

（二）

（2014 年 2 月 5 日）

暮霭陟丘林，皑皑银被新。
恋人相偎影，雀静空山氤。

新疆思语

（2013 年 9 月 17 日）

雄居丝路衰边疆，云蕉蓝天鸟自翔。
雪域天山跨南北，绿洲大漠醉中央。
独优瓜果中华冠，漠域美食帅五洋。
更待归田采菊日，边陲尽享好风光。

遍看千张西域图，风光俊美九州出。
高秋醉苑灵霄胜，圆梦轻车华夏珠。

下江南

（2013 年 9 月 27 日）

金秋时日下江南，尽掠葱茏墅缀间。
才跨长江豁万岭，南国塞上两重天。

观黄埔军校旧址

（2013 年 9 月 29 日）

浩淼珠江碧渚巅，幽居岸北府学安。
摇篮昔日培名将，乱世豪杰战九天。

深 圳（二首）

（一）

（2013 年 9 月 29 日）

伟人挥手庆开元，数秩春秋天地翻。
渔户积贫石上过，杆头傲立雁翔先。

（二）

（2013 年 9 月 30 日）

黄金海岸数盐田，凝望香江叠嶂巘。
浪打沙滩游客满，巨轮新纪再扬帆。

漫步中英街

（2013 年 9 月 30 日）

港角沙头百丈壕，石碑隔断我同胞。
百年国耻一朝雪，游子回归废界标。

世界之窗

（2013 年 10 月 1 日）

开放前沿绿蔽荫，全球名胜靓窗林。
稳居深圳观寰宇，一览万国光景新。

渭北金秋

（2013 年 10 月 14 日）

渭北南观千壑塬，天高云淡绘秋颜。
霜涂红叶层林秀，苹柿浓妆点袁田。

渭源黑陶赞

（2013 年 10 月 24 日）

秦岭云屏渭水原，仰韶文化数千年。
熏烟渗碳绝工艺，瑰宝黑陶傲皓天。

冬游兴庆宫（五首）

兴庆赏冬

（2012 年 11 月 18 日）

金丝眉柳绣澄湖，林翳虎丘旭日涂。
老树虬枝惊翠鸟，蒲团树下粉童出。

林中行

（2013 年 11 月 23 日）

信步丘林七彩秋，金梅悠舞雨风飕。
树荫黄毯三莺戏，远影孤枝曲径游。

湖光夕照

（2013 年 12 月 7 日）

日暮柳烟凭碧岸，清湖潋滟影波迷。
潆滨凫水雀空跃，一叶方舟天水奇。

沉香亭

（2013 年 12 月 7 日）

兴庆余晖抹碧亭，龙池金叶绕馨名。
芙蕖萦榭留长恨，百姓于今舞太平。

五龙坛

（2013 年 12 月 28 日）

冰映懒阳枝瘦谧，五龙千态影湖西。
龙池积庆并肩茸，野兔恬然寡客怡。

登大雁塔

（2013 年 12 月 14 日）

终南白雾莽，古渡载川阳。
八水长安绕，红枫伴杏黄。
苍龙悬瑞锁，宿雪盖山梁。
钟响慈恩寺，浮图牟曲江。

壶口冰景

（2014 年 1 月 12 日）

九曲自天流，一壶撮口收。
寒冰凝素水，龙舞瑟风休。

陕西小吃赞（三首）

合阳踅面

（2014 年 1 月 11 日）

自古有莘渭上先，金峡窈谷映福山。
粗荞细做千年继，踅面茂林醉洽川。

南七饸饹

(2014 年 1 月 28 日)

渭城河漏味鲜纯，马架汤锅煮面筋。
打擂南七勇夺冠，养生荞粉惠黎民。

华阴大刀面

(2014 年 1 月 29 日)

雄山万嶂拱莲峰，渭水沥沥沃华城。
飞舞大刀韭叶瀑，三天未飨腹中鸣。

西市小除夕

(2014 年 1 月 29 日)

徜徉西市赤霞天，百簇灯笼万瀑联。
接踵摩肩人浪涌，一轮午马庆华年。

孟春雪望李白醉卧雕像

(2014 年 2 月 6 日)

萧萧卷九天，瑞雪笼宫仙。
曲柳湖含笑，芙蓉彩云间。
春池烟水起，石上清泉潺。
皇帝呼船上，长安醉卧眠。

曲江唐梦

（2014 年 2 月 14 日）

终南翠屏梦长安，东方帝都丝路端。

丹墀金阙黄袍影，曲江清饮莺歌喧。

慈恩荐福幽名刹，浮图凌霄鸿飞翩。

西天千难咏玄奘，社稷太平耀则天。

柳恋青湖催春晓，花绽芙蓉怡香园。

平贵征西宝钏苦，孤守茅窑罔畏寒。

灞桥夕望青龙寺，云樱醉觅乐游原。

二世憾思扶苏晚，东眺嬴寝江山颠。

盛唐遗韵招远客，光彩纷呈夜未眠。

孟春更上阅江阙，犹梦初醒跃浪尖。

雪仰革命公园

（2014 年 2 月 16 日）

长安二虎守城墙，对峙八旬誓不降。

城内军民齐奋战，冯于解困弹纷扬。

苍松翠柏傲霜雪，碧血丹心洒戎场。

革命亭台祭忠烈，缅怀壮士万年长。

注：冯于指冯玉祥、于右任；二虎指李虎臣、杨虎城。

雨霁兴庆

（2014 年 2 月 28 日）

孟春初雨霁，树净古池新。
舟拱南薰殿，潭收北苑云。
柳烟疏淡笼，翠鸟哜喳临。
时令涂花鬓，和风舒客心。

长安都城隍庙

（2014 年 2 月 23 日）

灵动雄狮凛生威，钟鼓牌楼相映辉。
角檐飞展扬瑞气，雕饰金碧五彩陈。
文昌阁内状元祷，赵关威名祈财神。
太乙救苦显忠孝，诸仙本命佑仁人。
高台广演秦腔曲，笙磬绕梁入仙门。
城隍护佑元元稳，督吏清廉荫庶民。

曲江池赏景

（2014 年 3 月 1 日）

和风霁雨沐唐郭，携孥踏青曲子泊。
汉武泉鸣垂险谷，南湖十里泛烟波。
新科笑宴紫云陌，极目芳洲亭榭多。
绿吐丝滨鸭漫弋，客流碧海地天博。

题雁锦花卉市场

（2014 年 3 月 9 日）

蜚声万里美名扬，千顷雁锦百花香。
绿树翠滴婀景秀，黄鹂婉转唱春光。
萃集四面奇珍卉，齐聚八方智慧商。
棚肆如林车马闹，醉游绿海任徜徉。

华山春日（二首）

（一）

（2014 年 3 月 13 日）

群岭披春意，清风拱雪莲。
关西铺翠绿，秀影倒三川。

（二）

（2014 年 10 月 16 日）

春风浮晓雾，东海点祥云。
一旦登绝顶，才识华岳晨。

春望浐灞湿地

（2014 年 3 月 13 日）

碧水瀚无际，翱翔鸿鹭凌。
春晖摇柳岸，舟泛涘苇丛。
白塔拾级上，桃源鹊舞鸣。
渚洲环曲水，灞野渭堤融。

唐大明宫遗址（二首）

（一）

（2014 年 3 月 14 日）

仲春驱道北，踏青旧梦追。
雪杏红梅姹，绿柳青篁新。
玄武雄丹凤，殿檐廊宇巍。
太液碧水戏，含元敕朝臣。
丹墀遗风韵，琥珀照乾坤。
千载大明殿，万迹盛唐碑。

（二）

（2014 年 4 月 19 日）

凌霄丹凤霸长安，宫阙绵绵帅际天。
议事臣笏陈丹墀，朝来万国候蔚檐。
红墙金顶昔未识，翠毯碧空始敞园。
漫触封尘歌盛世，复兴丝路勇当先。

袁家村印象

(2014 年 3 月 20 日)

沃野八百里，古秦亲验区。

昭陵烟霞蔽，苹原笑庐居。

厦屋两厢对，食肆迎幌旗。

仙客擦肩顾，清明上河疑。

高台秦腔吼，台下听者迷。

关中话民俗，袁家数第一。

春游唐兴庆宫

(2014 年 3 月 22 日)

三月兴庆踏青青，春晖和煦画卷凝。

粉彩婀娜祥云散，烟花烂漫苹径空。

雨柳金丝澄湖秀，碧波潋滟泛舟行。

勤政务本理国是，明皇贵妃戏香亭。

彩云间上宴宾客，南薰阁里舞升平。

芙蓉翠岛歌嘹亮，花萼相辉秦腔鸣。

摩天巨轮欢乐谷，太公闲钓陶心情。

鸟语花香人潮涌，桃源仙境坠梦萦。

信阳道中

（2014 年 6 月 5 日）

一片稻田一处塘，丘岗叠翠采茶忙。
亦南亦北耕阡陌，富庶千秋盛苑扬。

过三门峡（二首）

（一）

（2014 年 6 月 5 日）

话别莲岳越中州，秦岭迤逦函谷幽。
河曲匍匐高水绿，三门繁庶陕西愁。

（二）

（2014 年 6 月 24 日）

崤函古道嵌明珠，河逝三门出挂湖。
仙鹤翱空鱼潜底，北国碧水最识途。

掠中原（二首）

（一）

（2013 年 9 月 27 日）

西辞太华嵩岳觅，一览中原沃千里。
昆仑雪岭当空悬，划断南北富甲地。

（二）

（2014 年 6 月 5 日）

万里中州金浪翻，千寻苍翠珠城连。
大河仰挂赐鸿运，天下粮仓率豫原。

湖南美景

（2014 年 6 月 5 日）

夜泊郴州

高铁狂飙湘水源，郴州夜泊便江边。
青丘竞簇丹霞秀，烟雨濛舟浣九仙。

岳麓书院

书香岳麓冠潇湘，古院悠悠文韵扬。
千载学府犹未改，洲头伫立梦家乡。

敬仰韶山毛主席故居

楚湘灵秀殊韶山，赤鹃盈天娆冲潭。
敬仰伟人真舵手，半生追梦筑新天。

登黄鹤楼

（2014 年 6 月 8 日）

千载寻迹黄鹤楼，江锁龟蛇天际流。
一览三区荆楚起，中南雄踞霸鳌头。

观虢国博物馆

（2014 年 6 月 24 日）

两山并峙三门峡，虢君戍守崤函掐。
玉磬穿耳鸣古韵，脆乐绕梁洗凡沙。
剑舞戟冲嘶车马，灰飞烟袅镇天涯。
尘封历史三千载，周礼延承耀中华。

户县农民画

（2014 年 7 月 12 日）

终南艺镇画中游，处处泥芳夺眼眸。
彩笔重图三农梦，西京百姓竞风流。

商洛四景

(2014 年 7 月 25 日)

金丝峡

群峦深处白云凹，一缕金丝照僻峡。
百瀑千寻石上抚，奇珍万卉瑶池家。

丹江源头

白雪悠悠去岭巅，一汪清水溯江源。
翠溪汩汩聚峡谷，万里狂飙向海天。

天竺山

翠岭腹藏霄汉屏，丰阳玉柱天竺擎。
蛇梯漫步和仙语，星斗轻撷瞰鹃峰。

漫川关

磐谷赤龙佑要关，楚秦遗韵戏楼添。
船熙帮队名堂聚，商贾复兴振漫川。

北京遐想

(2014 年 8 月 23 日)

吾怜京畿天安门，四秩风霜蜗大秦。
万梦千思心向往，兰秋即上醉乡人。

过山海关

(2014 年 8 月 28 日)

金陡崤函别大川,倚河水浒簇梁山。
千畴衰野丝廊尽,雄扼海天百二关。

观秋景风光图片

(2014 年 10 月 18 日)

漫看幽邃秋意浓,远观上下色相同。
假如错过彩金叶,一去萧风莅九冬。

沈阳三景

(2014 年 8 月 31 日)

秋 晓

晨曦斜耀客庐棂,漱罢整装报大名。
众厦冲霄天日蔽,关东头领锁盛京。

清沈阳故官

疆驰二帝统一天,马踩关东自谕汗。
凤阙龙亭王者气,紫阁金殿帝家颜。
大金盘踞稳蛮北,铁骑入关奠万山。
漫漫旧制三百岁,难敌洋炮破家园。

少帅府

民初混战乱硝烟，主政关东固我山。

慕名南宫枭雄拜，两朝帅府耀千年。

西安兵谏中国拯，誓抗倭敌逐汉园。

国难当天拍案起，千秋万代崇心间。

渭城春日

(2015 年 3 月 13 日)

窗外柳烟翠影垂，西汀雪杏玉兰催。

和晖桃面风筝尽，首蔽棋局楚汉飞。

昼泛琉璃檐万笮，宵添金线埠千寻。

乐天寇准今安在，更美苍黄渭上春。

游秦二世陵

(2015 年 3 月 15 日)

宜春遗野逝，孤冢泣残阳。

始帝本无意，桀君确有殇。

千秋疆海业，剧浪覆舟亡。

旷古凝思鉴，仁施梦自扬。

护城河清洁工

（2015 年 3 月 17 日）

雉踞朝浔百卉延，凭阑仰望厦千间。
长池碧水郭斜漾，碎叶孤舟泛褶涟。
晓攦篓竿萍野起，夕伏劬臂龊漂干。
无缘漫赏春秋月，但愿文明付锦园。

乙未雨后春色

（2015 年 3 月 18 日）

长安夜雨洗浊霾，杏李棠梅次第开。
燕舞眉啼迷万眼，云霞深处叙芳怀。

兴庆湖即雨

（2015 年 3 月 25 日）

烟雨濛濛柳媚梳，千圈潋滟燕空涂。
彩云塔下读西子，疑将西湖当庆湖。

司家秋千

(2015 年 4 月 9 日)

清明雨霁岳莲苍，万亩黄花麓谷香。
哪里蜂蝶吻卉蕊，何时游客聚村场。
秋千荡去读春意，古会迎来旺贾商。
戍塞屯营今安在？司家故堡续华章。

同州湖

(2015 年 5 月 9 日)

河西大华暮苍穹，渭洛越虹浩瀚横。
舫泛烟波琥珀际，堤眉细柳翠微屏。
摩天昼转千箱乐，水幕宵图万画灵。
莫问当朝奇谋付，沙湖何必竞蓬瀛。

神迹老君山

(2015 年 5 月 11 日)

千峰苍尽笼，百瀑圄云涛。
灿灿山花斗，唧唧翠雀聊。
薰风循问道，霁雨浥尘嚣。
漫陟武陵洞，恬然驾鹤翱。

华阴秀色

(2015 年 5 月 12 日)

凭栏佐岳浴斜阳，玉镂芙蕖影坠黄。
莫道绝顶弥锦绣，茵茵河渚牧牛羊。

观仁和君网荐美景

(2015 年 5 月 23 日)

拙指漫触万千屏，秀色可餐醉百灵。
几缕朝阳媚翠谷，一抹暮彩染苍松。
朱砂风掠驼铃印，碧海澜翻舫板骋。
光影魔法云鹤地，遨游寰宇冶怀情。

汉中道中

(2015 年 5 月 25 日)

一桥未了隧相迎，翠岭逶迤入画屏。
遥想沛公兴汉地，千年蜀道畅关中。

拜将坛

(2015 年 5 月 29 日)

越尽群山抵汉中，尘封往事撞眸明。
萧何月影追韩信，沛帅高坛拜将翎。
暗度陈仓秦地踞，鹿逐垓下楚州隆。
三杰并佐泱泱立，华夏雄风两汉惊。

青木川

(2015 年 5 月 31 日)

秦巴披翠绕峰峦，三省鸣鸡青木川。
黛舍长嘶阁对语，金亭纵目巷羞弯。
羌笛缕缕青山醉，篝火冉冉碧水欢。
一代枭雄多少事，真情无限在人间。

点绛唇·新疆美景

(2015 年 6 月 5 日)

大美新疆，天山南北风光胜。碧空银岭，青草牛羊涌。　　大漠悠悠，掠尽孤舟影。湖烟笼，雁翔仙境，瓜果中华酪。

长相思·照金

(2015 年 6 月 27 日)

　　适逢吾党九十四周年华诞、红军长征抵陕八十周年之际，怀崇敬之情，赴照金，沐浴红色洗礼，缅怀革命先烈。感之，谨以此文纪念！

　　陕边穷，陇边穷，万里苏区烈火熊。千秋先辈功。　　瑞金彤，照金彤，革命精神世代弘。中华寰宇雄。

如梦令·叹秦直道

(2015 年 6 月 27 日)

　　天下始皇初顺，漠北匈奴骚猥。蒙将筑长通，山险路遥无愧。前进，前进，直捣阴山原郡。

浪淘沙·重上老君山

(2015 年 7 月 11 日)

　　漫陟老君山，幽翠迎仙。春花秋月映新天。沐雨栉风云惨淡，换了人间。　　昔日梦真聃，岁月绵绵。崤函故道撰遗篇。欲驾青牛游世界，道法无边。

谒金门·巡检

（2015 年 7 月 12 日）

秦岭秀，触目风光如酒。碧水青山花鸟斗，天涯何处有？
洛水潺湲轻走，太上峰腰仙守。满苑炊烟藤下友，半天玩不够。

谒金门·岐山

（2015 年 7 月 19 日）

西府岐山，历史悠久，人杰地灵。数年前，余二赴岐山，会挚友，览凤凰
山，谒周公庙，染民风民俗，感受颇多，遂感之。

尘久远，彩凤西岐鸣遍。礼乐文明泽亿万，周召功始奠。
往日国风弥苑，更看今朝千变。梦想宏图杰士现，瑞祥西府冠。

浪淘沙·灵宝风情

（2015 年 7 月 29 日）

焦寨道悠悠，灵宝西丘。水车驴磨麦集侯。绿漾青宅闲适处，
曲径幽幽。　　兴败万春秋，盛世风流。今朝返璞驻乡愁。特色民
俗弘陕豫，高堡仙游。

临江仙·亚武山

(2015 年 8 月 1 日)

亚武奇峦风景秀,欲滴苍翠盈仙。云蒸霞蔚壁崖巅。十八盘远眺,潭瀑漫灵山。　　紫气东来萦圣地,老君道法千年。今朝中旅创新篇。群峰皆振奋,兴第五洞天。

点绛唇·红叶

(2015 年 10 月 11 日)

昨夜风霜,一袭红袄披层岳。碧天赤叶,幽涧鸣飞雀。　　才赏春光,梦转山花谢。寒秋冽,暮晖残血,惜叹尘寰却。

浪淘沙·亚武秋韵

(2015 年 10 月 17 日)

望万壑幽廊,满目秋光,高湖碧影遍金黄。老道茅坪柴尽破,惊雀庐篁。　　菊月梦重阳,又见重阳,年年岁岁醉红装。墨韵高山云上舞,皖暮流香。

虞美人·黄河

(2015 年 11 月 20 日)

昆仑一泻涛千里,汹涌奔天际。风掀狂浪抱关来,凝望气吞太华束峡开。　　山川撼尽声威壮,飞雪云烟荡。神州无处不阳春,华夏龙腾虎跃傲乾坤。

更漏子·芮城会友

（2015 年 12 月 5 日）

过黄河，驱古芮，陌上层林漫缀。枯枣树，瘦苹园，暖冬风景绵。　　窑洞外，风陵霭，故友才逢热睐。谈翰墨，叙心声，晋秦情谊浓。

一斛珠·天鹅湖

（2015 年 12 月 8 日）

天鹅无数，高峡湿地澄湖渚。翩翩倩影凌风舞。比翼悠飘，尽享斜阳沐。　　天上人间无觅处，黄河九曲瑶池驻。游人豁目仙姿睹。罔意成仙，醉伴天仙翥。

定风波·枸杞

（2015 年 12 月 9 日）

不畏风霜傲碧空，彤彤绛果堐崖封。秋去冬来无秀色，萧瑟，一斛玛瑙映苍穹。　　我欲乘风追万里，何虑？轻撷醉口品香茗。塞外风情无尽乐，收获，相思梦绕万山红。

临江仙·尧头窑遗址感怀

（2015 年 12 月 25 日）

　　远眺尧头窑百洞，沧桑千载悠忧。栉风沐雨近时休。荒窑残罐瓮，无语诉春秋。　　远遁遗痕何处在？古庄陶艺犹留。重修遗址忆乡愁。旅游燃旺火，胜景数尧头。

青玉案·入洛南

（2016 年 1 月 3 日）

　　冬旋幽谷崇山矮，气高爽，涛如海。万岭千峦一缕黛。莽云凌汉，翠竹青柏，苍鹭枝头晒。　　五人房坠红尘外，洛水潺湲舍安泰。桥畔熙熙商喊卖。美食香碗，蜗居一派，醉是神仙睐。

生查子·运宝高速中条山隧道通车贺

（2016 年 1 月 8 日）

　　中条蔽晋南，飞鸟空山阻。越岭坠云烟，百姓千年苦。　　梅月幽隧通，万嶂开轻路。山碧接窗前，孺笑飞车舞。

减字木兰花·雁园

(2016 年 1 月 10 日)

长天落雁，照壁飞檐凋朴苑。池醉芦荻，孤叶枯蓬掖赤鱼。
竹篁婷碧，红袖连连香暗去。皮影声声，吼尽秦人多少情。

蝶恋花·小雁塔

(2016 年 1 月 12 日)

远眺长安高塔莽，云雾萦禅，翠柏飞檐上。殿外金梅香暗荡，
老槐不语游人飨。　　雁塔巍峨千载唱，古刹祈福，暮鼓晨钟响。
丝路悠悠欧亚旺，雄风重振东方亮。

霜 降

(2015 年 10 月 25 日)

凋零百卉暗含香，霜降时节叶漫黄。
烟雨濛濛天尽瑟，秋风阵阵宇趋凉。
轻活筋骨身心暖，重品蔬食精气强。
更上蓬莱三万日，清茗寡欲健犹康。

诗友题赠

赠李宏弟先生

李康美

心卧关潼白云中，静观山水忆古城。
昔日风韵今何在，冬去春来笔意重。

李康美，中国作家协会会员，第五届陕西省作家协会副主席，渭南市作家协会主席，国家一级作家。

贺故乡李宏弟诗集《古关风韵》付梓

梁建邦

关堞悠悠梦里来，韵坛忽报赋章裁。
拓荒岁月宏图展，览胜金城美景徊。
吊古咏今扬正气，抒怀状物显高才。
大河东去三峰在，遥祝诗花又一开。

梁建邦，中华诗词学会会员，陕西省诗词学会常务理事、渭南市诗词学会副会长、渭南师范学院中文系原主任、教授。

致宏弟兼共勉

李晓刚

吟诗觅道苦辛寻，尚古才能得古音。
利禄浮尘随闹水，书文深处有冰心。
登楼谁识仲宣赋，行畔方知屈子襟。
且把新章呈故旧，清风明月共参斟。

李晓刚，陕西诗词学会会员，西安财经学院文学院教授。

赠宏弟兄（二首）

苗席俊

园区发展责任重，筑巢引得凤凰鸣。
惟有智者多壮志，乐为明天架彩虹。

李杜诗篇堪称奇，宏达激昂露心迹。
弟子三千无与比，顺应时代当有益。

苗席俊，中国书法家协会会员、渭南市书法家协会副主席、陕西书画院渭南分院副院长、华阴市书法家协会主席。

贺潼关李宏弟《古关风韵》出版

彭艳梅

三秦大地一才子，十载修得利剑成。
流水行云歌盛世，挥毫泼墨唱雄风。
挑灯漫品儒诗醉，奋笔疾书世事明。
莫道相遥百里远，扬鞭策马共新程。

彭艳梅，河南省作家协会会员，河南省楹联协会理事，灵宝市诗词楹联协会会长，灵宝市作家协会副主席。

宏弟诗集《古关风韵》付梓致贺

郭忠旺

重阳亚武共攀登，幸会诗人吟兴浓。
勤谨率真无愠色，温恭博雅有儒风。
胸中丘壑千重秀，笔下波澜万里雄。
喜看一集将付梓，应教李杜畏学生。

郭忠旺，中国楹联协会会员，山西省书法家协会会员，芮城县书法家协会副主席。

阅《古关风韵》寄作者

杨必智

意欲拓荒先作牛，砺磨冬夏啃春秋。
翻耕沃野三千亩，赚得丰腴襟抱收。

杨必智，陕西省诗词学会会员，陕西省电力诗词学会会员。

读李宏弟君《古关风韵》有感

李晓波

（一）

不懈拼搏言拓荒，满目新诗勇担当。
未减雄心豪气在，写成创业好文章。

（二）

持卷吟哦好韵文，朴实字句寓情真。
风花雪月有含意，渗透人生进取心。

（三）

敢言壮志述豪情，身置拓荒付劳形。
魂牵创业园区地，梦绕故乡寺角营。
愿将诗句颂古塞，肯把赞歌唱金城。
他日举杯传敬意，兄台迈步上高峰。

李晓波，陕西省作家协会会员，陕西省楹联协会会员，陕西省青年文学协会会员。

宏弟先生诗集《古关风韵》付梓致贺

张 逸

古关风韵见真情，锦编罹胸意纵横。
岳色河声壮吟兴，铜琶铁板唱雄风。

张逸，山西省书法家协会会员，黄河金三角文化艺术研究院
艺术顾问，芮城县风陵渡中学副校长。

踏莎行

刘俊利

古渡雄关，斜阳逝水，阔河远岸形离碎。经年难述是愁肠，戚
戚云暮颜容悴。　　画舫雕廊，蒹葭芷蕙，楼阁栏榭痴人醉。轮回
不似似常常，踽独毕竟华章遂。

刘俊利，华县工业园区管委会主任。

李宏弟先生索句

张 立

人生不见有时见，一步两违能是谁？
过水家门君万里，蹇驴古渡客天涯。
渔樵犹梦许用晦，诗酒清狂追范蠡。
想见谯楼流晚处，先生带剑欲鸣时。

张立，华县科技局副局长。

愿赋新诗为故乡

——李宏弟诗词赏析

李晓波

李宏弟先生与我同村，很小的时候就认识他，是因为他是我们村里为数不多的几个考入大学校门的，他们的名字便成为村里父老乡亲鼓励孩子时的榜样，连同我们的父母都要不时地教导我们向谁家的孩子学习，所以他的名字是我印象较深的一个。

他写诗词却是让我极为意外的。

在一次文友的聚会上，他告诉我他也喜欢写诗，并且已经写了近千首了，我惊奇在我眼里已经做了官的他竟然有如此雅兴，过后几天他把一份打印好的取名为《拓荒集》的诗集送到我办公室，让我帮他改改。翻着这厚厚的一沓诗集，我从内心佩服的是他每天忙于公务却能抽出时间写出这么多的诗篇，暂且不论诗作的水平如何，光凭数量就已经让人刮目相看了，他说这些是他三年多利用业余时间创作的，几乎达到了每天一首的速度。对于文友的作品，我历来是报着肯定的态度去欣赏的，然后才指出他们作品中的瑕疵，以免打击文友创作的积极性。在看完李宏弟的诗集后，我感觉他在诗创作的过程中没有系统地学习诗词创作的相关知识，所有诗作是凭着创作的激情与灵感而为的，在章法、平仄、对仗、韵律、遣词等方面还须进一步提高。我把我读他诗的感受告诉他，他也认同这些意见。

从此以后，我们相互学习写诗技巧，交流写作心得，并且商议成立了金城诗词沙龙，相约爱好诗词文学创作的朋友利用沙龙每月聚集一次，在沙龙中对大家的作品进行赏析、点评，提出修改意见，参加沙龙聚会的诗友们对此高度肯定，纷纷表示通过沙龙活动的开展，对每个人诗词创作的进步帮助很大。诗友们的写作水平都有相应的提高，这也是我们成立沙龙的初衷。此后，我们以诗相交，相互品评，一起参加各地举办的诗词竞赛活动，李宏弟的诗词在富平县诗联学会和渭南市诗词学会举办的诗词竞赛中分别荣获一等奖和二等奖的优异成绩，着实可喜可贺，我认为这不但是他个人勤于写作的成绩，也是大家通过沙龙相互学习的结果。与此同时，他也喜欢与各地的诗词作家们交流学习，他利用业余时间与华阴市、洛南县、山西芮城县、河南灵宝市作家协会的诗人作家们取得联系，互留微信。并且积极主动向渭南师范学院教授、市诗词学会副会长梁建邦先生、华阴市诗词大家黄金肖女士、潼关杨必智先生学习，学习他们在诗词创作中的心得体会、写作技巧，这些都为他提高诗词写作水平奠定了良好的基础。

为了学诗写诗，李宏弟也是费了一番功夫的，他到西安钟楼书店买回《笠翁对韵》、《怎样用韵》、《怎样赏诗》、《唐宋诗词鉴赏》等工具书进行研读，其用心之专、用情之注是令我由衷钦佩的。为了学习写诗，他几乎达到了一种忘我的境地，真正有着一种"为伊消得人憔悴，衣带渐宽终不悔"的精神。其实，人生在世，能有如此之雅好，得到这种诗文间的乐趣是一种极为惬意的享受，但这种惬意不是每个人都能享受到的。

李宏弟诗词作品有以下几个方面的特点：

一是勤。勤于创作，几乎每日都有灵感，新的作品不断出现，象写日记一样坚持着，这种精神对于一个初练写诗的人是非常难能可贵的。"世事洞明皆学问，人情练达即文章"，李宏弟把业余时间都醉心于写诗填词，在他眼里世间万物皆可入诗成词，他把生活、工作和日常所思所感凝炼成诗，偶有所思便记于纸上或手机中，以便创作。在他的书房中，案头摆放着黑红蓝色签字笔和铅笔，为的是一遍又一遍地修改诗词作品，有时还把作品编成短信在微信群里征求诗友们的意见，夜里接到他发过来的诗词作品已是司空见惯的事了。这些从他的作品时间排序中都是可以看出来的。

二是钻。每个人的成功都不是偶然的，一定有着极为艰辛的磨炼过程。李宏弟的写诗道路也是一样的，从起步时随意性地写作到今天的遵循格律写诗，已经实现他学诗写诗道路上的一种蜕变，这种蜕变是每个写诗人必须经历的，即便有不适应的痛苦、煎熬，也必须认真面对。只有翻过了这道坎，才能迈入一片新的视野，取得新的成就。为了写诗，也为了让自己的诗更加入门，李宏弟是下了一番功夫的，他从《唐诗三百首》、《宋词三百首》等经典书籍中学习钻研，与诗友就诗的立意、用词、押韵、对仗、平仄等各方面进行分析，逐字逐句拆开捻合，像对待一个精美的机器一样探究。这种钻研的精神，对他的帮助是很大的，他的诗词创作便日臻成熟、老辣了。

三是效。有了艰辛的学习创作，李宏弟的诗词作品进步速度之迅速是非常大的，初期作品与目前的诗词创作效果是有明显区别的。在日常的交流中，我主张以古体诗写时代精神、讴歌身边发生的人和事，用与时俱进的态度去进行诗词创作，所谓"承古不复古，创新不破格"，也就是俗话所说的"旧瓶装新酒"，李宏弟也赞同这个观点，所以在诗词创作中他大量创作了与时代步伐紧跟的作品，如《西洽会写真》、《浪淘沙·春天新能源项目开工》、《土豆姐姐品牌有感》、《忆王孙·社区夫妻警务室》、《醉听（一壶老酒）》等，这些诗词记述的是作者生活、工作中的所感所悟，因为具有时代气息，读起来让人有所启迪，深有同感。

当然，随着每个人写诗水平的不断提高，在创作上我们也曾有过彼此不敢苟同的意见，在这方面我的态度是当面指出，接受与否由个人而定，毕竟每个人对于文学的感情点着眼不同，这样才能形成自己的创作风格。读李宏弟的诗词，他创作初期的作品虽然没有技术上分量，但已经充分显示出他对写作对象的观察力，但凡能够入眼上心的东西，他都可以用来作诗，这是一种难能可贵的写作态度，起码为诗人提供了练习的条件，与那些言之无物、没有感受的诗人们的作品相比，他的诗中每一首都能读到他的心灵所想、所感。习近平同志在文艺工作座谈会的讲话指出，文艺是要扎根于生活、服务于群众的，一切艺术形式所要表达的核心是鼓励和激励人们积极向上，实现美丽梦想的。因而我一贯主张在诗词创作上要有传承与创新，与时俱进，用旧瓶装新酒，不能复古倒退，这样我们的传统文化才能得以弘扬。但是诗词创作有着它自身的一种特有的魅力，只有严格遵循它的创作形式，所写出的作品才会深入人心，起到预期的效果。李宏弟先生是土生土长的潼关人，寺角营村是他人生初长的地方，他的诗作大多是围绕着故乡、故土而写的，但他的精神世界并不局限于一个小村庄或是一个县的区域，他以故乡、故土为坐标向外辐射着他对世界的热爱和对人生的感情，用他的诗词讴歌着这一切。

李宏弟的诗词创作成就是斐然的，但也存在着他的弱点，我们在日常交流的过程中也有感悟，这便是他对中国古典文化的积淀还不够，这样便影响了他创作诗词的艺术境界。当然，中国古典文化是厚重庞大的，仅用一时半会是感受不到其中的深奥哲理的，这就需要诗人在日常工作学习中加强对这方面知识的积累与学习，相信凭着他对诗词创作的热爱与钻研的劲头，在不远的将来，他的诗词作品会如一颗璀璨的明珠闪耀在中国文化的天空。

2015 年 11 月 11 日

后记

我自幼不喜欢语文，更谈不上写作。

上学念书时，每每语文考试，成绩都相对较差。记得大学上《应用文写作》课时，有一次老师布置一篇作文，我的作文被老师作为较差文章在课堂上念，引起同学们哄堂大笑。我当时十分尴尬，这对我的心灵触动极大。大学毕业以后，由于工作需要，我开始注重财经方面文章的写作。尤其调入县政府办公室后，先后担任文书、秘书、秘书组组长，相对专业地从事文字材料工作，开始和文字有了不解之缘，整日舞文弄墨，起草农业方面的公文、调研报告、综合性材料，以及大量的新闻稿件，有许多豆腐块文章在《渭南日报》等报刊发表。从此，写作成了我工作和生活不可或缺的重要方面，逐渐成为一种日常习惯。

2008年3月，我被调入新组建的工业园区管委会办公室工作。面对从零起步的严峻形势，我和我的团队一方面勤奋努力工作，另一方面适时调节始终紧绷的神经，有意放松心情。2011年夏，无意看了园区开发服务公司何峰斌同志写的《园区之歌》、《征地难》、《蛐蛐叫》、《体验》等几首诗歌，采用古体诗的形式，既充分体现了园区一班人的生活工作面貌，又以苦为乐，放松了心情，调整了心态，一举两得，感觉特别好。当时，我也学着写了一首打油诗《工业园区赞》，自我感觉良好，从此一发而不可收手。近年来，我利用工作之余，根据工业园区建设以来工作和生活感受，学写了一些古体诗词。我热爱园区，热爱这片让我工作、让我施展才华的热土，我把自我认为好的地方概括为园区八景：即蜈蚣迎晖、柿荫凉亭、松林冬翠、五台雪舍、柳川烟晓、双桥烘霞、花墩坐月、神石磬望，同时不时写入诗词中。这些诗词大部分写的是园区的工作生活感受，也有对大自然的抒怀、对身边人的情感和人生的一些感悟，写作观点和水平不一定很到位，但每首诗词写作的过程确实是我全身每根神经剧烈颤动的时刻，心情久久无法平静，好像它就是我的生命、我的一切。我把这些整理在一起，取名《古关风韵》，记录下我在工业园区的数载春夏秋冬，也作为我学习诗词写作的一份作业。

《古关风韵》共收录500首诗词，时间从2011年6月至2016年2月。分为拓荒岁月、金城览胜、政通人和、情志抒怀、胜地撷迹五部分。这些诗词有古体诗，也有格律诗词，基本都是按照中华新韵写的。起初取名《拓荒集》，是从三个方面考虑的：一是从工作方面，工业园区建设从零起步，一张白纸，意开拓工业园区之荒原；二是从思想方面，我们所从事的工作是新事情，没有现成经验可借鉴，只能摸石头过河，从零开始，不断积累经验，欲开拓思想方法之荒原；三是从文学方面，学习写诗词才刚刚开始，没有基础，不懂格律，想开拓诗词写作之荒原。在今后人生的长河中，我想将这种健康有益的业余爱好继续坚持下来，把对工作和生活的感悟继续写上两千首，甚至更多。但是在与渭南市作家协会主席李康美先生交流过程中，他指出书名应

该放大立意，不应局限于工业园区这一个定位上，所以将此集取名为
《古关风韵》。

《古关风韵》打印出来后，我将集子复印装订散发给县境内及远
在外地的文朋诗友征求意见，对我集子中出现的谬误，大家给予了衷
肯地指正，也使我认识到了自己在写古体诗词方面的不足。不论是从
押韵、平仄、格律等方面，还是从诗意、用典、用词等方面，甚至我
对七言、五言、七律、五律、绝句、歌行体、乐府诗等体裁上的认识
都不甚明白，便越发感觉到自己在作诗词方面存在着很大的差距了。
从大家反馈回来的意见来看，在古体诗词创作方面我还只是个初学
者、门外汉，甚至一度有过弃笔不作诗词的想法。但是有写作古体诗
词的朋友对我在写作方面提出了很多建议，让我多练多写，表示相信
我会写出优秀的诗作的。为此我在专家及诗友的建议下，到西安、渭
南及网上购买了《笠翁对韵》、《怎样用韵》、《怎样赏诗》、《唐诗三
百首》、《宋词三百首》等关于诗词创作的基本读物，并且认真研读了
梁建邦教授所著的《关河二月花》、《月人词鉴赏》、《咏潼关诗词赏
析》及杨必智先生所著的《言川诗文集》等诗词书籍，在学习他们诗
词创作的同时，自己也写出了较此前质量有所提高的诗词作品，并且
先后在《渭南诗词》、《渭南联苑》、《渭南诗词大全》等专业诗词刊
物、志书上发表，这也使我对自己从事诗词创作有了一定的信心。

为了进一步提高诗词写作水平，在与诗友们的交流过程中，我们
一起到县境内的名胜景点、历史古迹、村寨旷野、河滨滩涂、秦岭深
处等观光采风，回来作诗填词，吟诵交流。为此，我们成立了"金城
诗词沙龙"，旨在通过举办每月一期的聚会，交流分析每个人的诗词
作品，达到大家创作水平整体提高的目的。沙龙活动开展以来，我自
己坚持每期积极参加，把自己的作品在诗会上给大家吟诵，让大家指
出存在的问题，这种交流方式使我的诗词创作达到了质量上的快速提
升。在研读经典的同时，我也拜读了钱穆、施蛰存、王季思、张中行

等国学大师论诗词鉴赏的文章，对诗词中的道法禅理、经典故事等有了进一步了解，虽然还有不明白的地方，但也促使了自己对中国古典文化的学习，从而弥补了自己在这方面的不足。为了学习写诗填词，在工作之余，我大量研读古圣贤的作品，从李白、杜甫、白居易、王维到苏轼、陆游、辛弃疾、李清照、纳兰性德等，这些诗词大家的作品风格各异、各有千秋，对我学习写诗填词的帮助很大。有的人对我痴迷于写诗词表示不理解，认为我这是在没事找事，我却认为这是一件有益于身心的业余爱好，就像跳舞、下棋、健身一样，既可充实业余文化生活，又能提高自身文化修养，较之于喝酒、打牌等不良嗜好更有益处，何乐而不为呢？

曹雪芹在《红楼梦》中写道：满纸荒唐言，一把辛酸泪。都云作者痴，谁解其中味？好在我生活在海晏河清的文明盛世，又有支持我帮助我理解我的领导、同事、家人和朋友，又深得渭南市作家协会主席李康美先生、渭南师范学院中文系教授、市诗词学会副会长梁建邦先生和西安财经学院文学院李晓刚教授的厚爱，李康美主席欣然为我诗词集题写书名并作序，以鼓励我，杨文宪、胡长坤、赵飞、苗席俊、辛中秋、刘当财、刘伯涛、孟潮、田明星、张逸等先生为我的作品题词赠画，彭艳梅、郭忠旺、杨必智、李晓波、刘俊利、张立等诗友送来贺诗贺词，教我从中感受到了人间至情、天下大爱，仅一言感谢真不足以表达我内心的感动。

在我学写诗词和整理书稿的过程中，还得到了王耀武、何峰斌、刘新民、姚玉龙、左海文、任战平、张亮、张万锋、雷培宗等领导和朋友们的大力支持和帮助，再次表示感谢！同时，由于水平有限、时间仓猝，不到之处还有很多，也希望各界朋友多提宝贵意见和建议！

李宏弟

2015 年冬于潼关